Die Doppel-Kekse
Einmal Zwilling, immer Zwilling

Patricia Schröder, 1960 geboren, lebt mit ihrem Mann und einer Handvoll Tieren auf einer Warft an der Nordsee. Ihr »richtiger« Beruf ist Textildesignerin, noch lieber aber als Muster für Blusen, T-Shirts oder Krawatten denkt sie sich Geschichten für junge Mädchen aus, und so hängte sie ihren ersten Beruf vor einigen Jahren kurzerhand an den Nagel. Inzwischen gehört sie zu den erfolgreichsten und beliebtesten deutschen Kinder-und Jugendbuchautorinnen.

Mehr über unsere Bücher, Autoren und Illustratoren auf:
www.planet-verlag.de

Schröder, Patricia:
Die Doppel-Kekse
Einmal Zwilling, immer Zwilling
ISBN 978 3 522 50512 3

Einbandillustration: Maria Karipidou
Einbandlayout und -typografie: Stephanie Reis
Innentypografie: Kadja Gericke
Reproduktion: HKS-Artmedia GmbH, Leinfelden-Echterdingen
Druck und Bindung: GGP Media GmbH, Pößneck

FSC www.fsc.org MIX Papier aus verantwortungsvollen Quellen FSC® C014496

PATRICIA SCHRÖDER

DIE DOPPELKEKSE

einmal Zwilling immer Zwilling

PLANET!

Mathe mal anders

Lucie liebt Snoop Dogg im Doggie-Style.
Lea führt lieber Hunde aus.
Lucie flippt mal hier, mal da.
Lea lümmelt eher gern zu Haus.

»Hey, was kritzelst du denn da?«, raunte Lea ihrer Zwillingsschwester zu.

»Nix«, gab Lucie kurz angebunden zurück.

»Nix wäre aber unsichtbar«, erwiderte Lea und strich sich eine dunkelbraune Locke aus der Stirn.

»Stimmt.« Lucie hob den Kopf und tippte sich nachdenklich mit dem Stift gegen die Lippen. »Cool, danke!«, sagte sie dann und begann mit einem neuen Text.

Nix.
Nix da.
Nix da, oder?
Nix da, oder doch?
Nix da, oder doch da?

In Leas blauen Augen blitzte es. Energisch stupste sie ihre Schwester mit dem Ellenbogen an.

»Hallo! Wir haben Mathe.«

»Haben wir nicht«, brummte Lucie. »Oder siehst du hier irgendwo einen Mathelehrer?« Sie machte eine weit ausholende Geste, die ihre Mitschüler mitsamt der kompletten Einrichtung des Klassenraums umfasste. »Außerdem beschäftigt sich gerade jeder mit was anderem.«

»Nur Mathe-Mats nicht«, entgegnete Lea.

Lucie zuckte mit den Schultern. »Klar. Was sonst?«

Mathe-Mats, alias Mats Hoffach, war nämlich das Rechengenie der 6b.

Er zählte die Brotkrümel am Boden, teilte sie durch die Schülerzahl und multiplizierte das Ergebnis mit Tagen, Wochen, Monaten und Jahren. Auf diese Weise hatte er bereits ausgerechnet, wie lange es dauern würde, bis der Klassenraum komplett mit Krümeln ausgefüllt war. Putzfrauen, die Tag für Tag alles zusammenfegten und damit dem Sinn einer solchen Berechnung ganz praktisch mit Handfeger und Kehrblech zu Leibe rückten, interessierten Mats dabei nicht. Für ihn war so etwas eine nervige Nebensächlichkeit, die die Logik der Mathematik nur störte.

»Abgesehen davon sind unsere Klassenkameraden ja auch nicht Papas Kinder«, bemerkte Lea.

Sie und ihre Zwillingsschwester hatten nämlich das Pech, in Mathematik von ihrem eigenen Vater unterrichtet zu werden. Und aus Angst, seine Töchter zu bevorzugen, hatte Gerald von Leipnitz stets ein besonders strenges Auge auf seine Töchter – was Lucie und Lea natürlich ganz schön ungerecht fanden.

»Haha«, kicherte Lucie jetzt. »Das wär's ja wohl noch!«

*Ein Vater hat zweiunddreißig Kinder.
Wie hat er das wohl gemacht?
Eine Familie verspeist im Jahr zweidrittel Rinder.
Auch das hätt ich niemals gedacht!*

notierte sie flugs auf ihrem Kollegblock.

»Ich glaube, er kommt«, zischte Alina, die auf dem Platz links von Lea saß.

Sie nickte in Richtung Tür und ließ hastig ihr Pferdemagazin in ihrem Rucksack verschwinden.

Tatsächlich waren draußen auf dem Gang Schritte zu hören.

Klack – klack – klack – klack – klacker-klack …

Lucie hob den Kopf und lauschte.

»Seit wann trägt Papa Stöckelschuhe?«, murmelte sie.

»Seit wann hat er blonde Locken und sieht aus wie eine Frau?«, wisperte Lea, die außer Mats als Einzige ihre Mathesachen bereits aufgeschlagen auf dem Tisch liegen hatte.

»Guten Morgen zusammen!«, ertönte eine glockenhelle Stimme.

Die dazugehörige Person war eindeutig weiblich und laut Lucies Schätzung allerhöchstens fünfundzwanzig Jahre jung. Sie hatte schulterlange blonde Locken, rosige Lippen und große grüne Katzenaugen.

»Herr von Leipnitz lässt sich für weitere fünf bis zehn Minuten entschuldigen.«

»Was ist denn mit ihm?«, fragte Lea besorgt.

»Nichts, worüber ihr euch Gedanken machen müsst«, erwiderte die junge Frau.

Sie zog die Tür hinter sich zu, nahm ein Stück Kreide aus der Ablage und schrieb mit anmutigem Schwung

Johanna Knippke

an die Tafel.

»Das ist mein Name«, erklärte sie, während sie auf ihren hummerroten Slingpumps weiter zum Lehrertisch klackerte. »Ich bin Referendarin und werde in den nächsten drei Monaten einen Teil des Mathematikunterrichts in eurer Klasse übernehmen.«

»Pfff!«, entfuhr es Lucie. »Warum hat Papa uns nichts davon erzählt?«, platzte es aus ihr heraus.

Ein Lächeln huschte über Johanna Knippkes Gesicht.

»Du musst Lucie sein«, sagte sie. Ihr Blick wanderte zu Lea. »Und du ihre Zwillingsschwester. Stimmt's?«

Ilkay reckte seinen Daumen in die Luft.

»Perfekt geraten!«, rief er anerkennend.

»Falsch«, erwiderte Johanna Knippke noch immer lächelnd. »Auswendig gelernt.«

Sie ließ die große dunkelblaue Umhängetasche von ihrer Schulter auf den Tisch gleiten, schlug die Lasche zurück und holte eine Kladde heraus.

»Hier drin befinden sich die Bilder, die der Schulfotograf im letzten Herbst von euch gemacht hat, mitsamt den dazugehörigen Namen.«

»Sie kennen uns also schon, obwohl Sie uns noch nie gesehen haben?«, schlussfolgerte Ron verblüfft.

»Sozusagen«, bestätigte die Referendarin.

»Wow!«, stieß Natalie aus. »Dann sind Sie aber die Erste!«

»Das mag sein«, gab Johanna Knippke zurück. »Ich finde es einfach sinnvoll, wenn ich die wenige Zeit, die uns für die Mathematik bleibt, nicht auch noch mit dem Entziffern von Namensschildern verbringen muss.«

»Das ist gut«, meldete sich Mats zu Wort. »Darf ich fragen, was unser nächstes Thema ist?«

»Bruchrechnen«, antwortete Gerald von Leipnitz.

Lucie zuckte zusammen.

»Boah, Papa!«, wetterte sie. »Wo kommst du denn so plötzlich her?«

»Das solltet ihr mal Mr Spock vom Raumschiff Enterprise fragen«, entgegnete ihr Vater augenzwinkernd.

»Hä?«, fragte Ilkay.

Lucie sah kurz zu ihm hin und winkte sofort ab.

»Das kannst du vergessen«, sagte sie. »Die kennen nur *Star Wars*. Außerdem hast du dich nicht hergebeamt, sondern reingeschlichen.«

»Das Ergebnis dürfte dasselbe sein«, erwiderte ihr Vater.

Gemächlich spazierte er an den Tischen vorbei bis ans hintere Ende des Klassenraums und setzte sich auf einen freien Platz in der letzten Reihe.

Lucie stöhnte leise.

»Was wird das denn jetzt?«

»Schsch!«, zischte Lea. »Halt endlich mal dein Plappermaul.«

»So kann ich mich aber nicht konzentrieren«, knurrte Lucie. »Papas Kontrollblick hat bereits zwei Löcher in mein T-Shirt gebrannt.«

»Quatsch!« Alina lehnte sich mit ihrem Stuhl zurück, kniff ihre dunkelbraunen Schokoaugen zusammen und begutachtete Lucies Rückseite. »Da ist nichts.«

»Wart's ab«, raunte Lucie. »Gleich fängt's an zu dampfen.«

»Würdet ihr eure Aufmerksamkeit nun bitte nach vorn richten«, mahnte Gerald von Leipnitz. »Ich möchte ab sofort kein Getuschel mehr hören!«

Aye Sir, dachte Lucie und schickte ein leises Grummeln in seine Richtung.

Unterdessen klackerte Johanna Knippke in ihren Slingpumps vor der Tafel auf und ab. Schließlich blieb sie stehen und verkündete: »Wie Herr von Leipnitz eben schon sagte, wollen wir uns ab heute mit der Bruchrechnung beschäftigen.«

Ilkay schüttelte den Kopf.

»Wollen wir nicht. Und schon gar nicht so kurz vor den Pfingstferien!«

»Ich schon«, erwiderte Mats und begann, eifrig in seinem Mathebuch zu blättern. »Auf Seite vierundsechzig geht's los«, stellte er mit einem zufriedenen Grunzen fest.

»Gut«, sagte Johanna Knippke. »Dann kommt ihr zwei doch bitte mal nach vorne.«

»Wieso?«, wollte Ilkay wissen.

Die Referendarin sah ihn mit leicht zur Seite geneigtem Kopf an.

»Magst du Überraschungen?«, fragte sie.

»Klar.« Ilkay zuckte die Achseln. »Wer nicht?«

»Gut.« Johanna Knippke nickte. »Hast du eine Lieblingsfarbe?«

Ilkay runzelte misstrauisch die Stirn.

»Wieso?«, fragte er noch einmal.

Der Blick der Referendarin glitt zu Mats hinüber, der bereits aufgestanden war. »Du?«

»Logisch«, antwortete er. »Blau.«

»Okay.« Johanna Knippke hielt ihm ein blaues Kreidestück entgegen. »Rechts oder links?«

»Links ist kürzer«, entgegnete Mats.

Mit drei Sätzen war er bei der Referendarin, nahm ihr das blaue Kreidestück aus der Hand und postierte sich links von ihr an der Tafel.

Ilkay sprang von seinem Stuhl hoch und sprintete nun ebenfalls nach vorn. Bei jedem Schritt quietschte der Linoleumboden unter seinen Schuhsohlen.

Lea schüttelte sich. Diese Geräusche bescherten ihr jedes Mal eine Ganzkörpergänsehaut.

»Ich nehm Grün«, meinte Ilkay. »Aber nicht von Ihnen.«

»Aha?« Johanna Knippkes Augenbrauen wanderten nach oben und verschwanden unter ihrem blonden Lockenpony. »Muss ich das verstehen?«

»Nö.« Ilkay schüttelte den Kopf und angelte ein grünes Kreidestück aus der Ablage. »Was soll ich schreiben?«

»Das verrate ich dir gleich«, entgegnete die Referendarin und wandte sich dann wieder der Klasse zu. »Wer von euch möchte sich nicht mit Bruchrechnung beschäftigen?«

Lucie tauschte einen Blick mit Lea und Alina.

»Was ist denn das für eine Frage?«, formte sie lautlos mit den Lippen.

Unterdessen schnellten unzählige Hände nach oben.

Eindeutig mehr als die Hälfte.
Sind dagegen.
Dagegen.
Dagegen!
Wogegen eigentlich?

notierte Lucie hastig auf ihrem Kollegblock.

»Kannst du zählen?«, hörte sie Johanna Knippke fragen.

»Hä?«, machte Ilkay. »Klar kann ich das!«

»Na ja, bisher hast du nicht gerade viel von deinen Fähigkeiten gezeigt«, erwiderte die Referendarin achselzuckend.

Ilkay grummelte etwas Unverständliches. Mit zusammengekniffenen Augen musterte er seine Klassenkameraden. Unterdessen schrieb Mats eine große blaue 9 auf die linke Tafelseite, wofür Johanna Knippke ihm ein zustimmendes Lächeln schenkte.

»Vielen Dank, Mats.«

»Hä?«, machte Ilkay noch einmal.

»Bist du fertig?«, fragte die Referendarin.

»Womit?«

»Mit Zählen.«

»Nee, bin ich nicht.«

»Na gut, dann versuchen wir es mal anders«, sagte Johanna Knippke. »Wie viel ist zweiunddreißig minus neun?«

»Einundzwanzig. Wieso?«, kam es wie aus der Pistole geschossen von Ilkay.

Ein Raunen ging durch die Klasse.

»Das ist falsch, du Pfosten!«, rief Ron.

Ilkay tippte sich an die Stirn. »Das wüsste ich aber.«

»Also, für einen Pfosten war das tatsächlich gar nicht mal schlecht«, bemerkte Gerald von Leipnitz.

Ron und ein paar weitere Schüler fingen an zu lachen. Auch Jenny, Ronja, Geli und Antonia, die auf der anderen Seite des Klassenzimmers am Fenster saßen, steckten kichernd ihre Köpfe zusammen. Die vier »Barbie-Dolls«, wie Lea und Lucie sie nannten, waren gegen alles, was nichts mit Klamotten, Schminke und Girlie-Zeitschriften zu tun hatte, und hatten logischerweise auch ihre Hände gehoben.

»Du kannst wieder an deinen Platz«, sagte Johanna Knippke zu Mats. »Du nicht!«, fügte sie energisch hinzu, als Ilkay sich ebenfalls in Bewegung setzen wollte.

»Und wieso nicht?«, knurrte er.

»Deshalb«, erwiderte die Referendarin.

Sie griff in ihre Umhängetasche und holte eine Handvoll Cellophanpäckchen hervor, in denen etwas Buntes schimmerte.

»Geil! Bonbons!«, jubelte Mirko.

Ron trommelte vor Begeisterung auf der Tischplatte herum. »Kann ich zwei?«

»Nicht nur du«, erwiderte Johanna Knippke. »Ilkay, verteilst du die Tüten bitte an alle deine Mitschüler, die keine Lust haben, sich mit Bruchrechnen zu beschäftigen!«

»Wie cool ist das denn!«, kiekste Jenny. »Jetzt kriegen wir sogar eine Belohnung!«

»Och nee!« Ilkay verdrehte stöhnend seine dunklen Augen. »Kann sich die nicht jeder selber abholen?«

»Nein«, sagte Johanna Knippke.

»Okay. Aber nur, wenn Sie die Dinger auf den Tisch legen«, machte Ilkay zur Bedingung.

»Wie du willst«, meinte die Referendarin seufzend und schaufelte einen ganzen Haufen knisternder Cellophantütchen aus ihrer Tasche aufs Lehrerpult.

Ilkay ließ sich eine Menge Zeit und transportierte jedes Päckchen einzeln zu seinen Mitschülern.

»Ey, das sind gar keine Bonbons, sondern Marshmallows«, flötete Geli und riss ihre Tüte auf. »Lecker.«

»Mhm«, raunte Lucie ihrer Zwillingsschwester ins Ohr, »eine echte Geli-Katesse.«

»Das sind doch Ohrstöpsel, oder?«, wisperte Lea und gluckste leise in ihre Hand.

»Stimmt«, pflichtete Alina ihr bei. »Meine Mam hat auch solche Dinger in ihrer Nachttischschublade, weil Paps immer so laut schnarcht. Allerdings sind die nicht bunt, sondern hautfarben.«

»Das sind auch keine Marshmallows!«, rief Mirko, der sich inzwischen ein grün-türkis marmoriertes Teil in den Mund gesteckt und gründlich darauf herumgekaut hatte. »Und wenn doch, dann schmecken sie total kacke.«

»Echt?« Geli schob sich ebenfalls eins der bunten Dinger zwischen die Lippen, verzog angeekelt das Gesicht und spuckte es sofort wieder aus. »Bäääh!«, quiekte sie. »Das ist doch nie im Leben was zu essen.«

»Richtig getippt«, bestätigte Johanna Knippke. »Die Dinger gibt's auf die Ohren.«

»Hä, wieso?« Irritiert betrachtete Ron das Tütchen in seiner Hand. Doch schon im nächsten Moment hellte seine Miene sich wieder auf. »Ach so!«, stieß er freudig aus. »Damit wir von der Bruchrechnung nicht belästigt werden.«

»Bravo! Du hast es erfasst.«

Die Referendarin lächelte ihr Lächeln, aber nur Lucie, Lea, Alina und noch sechs weiteren Klassenkameraden fiel auf, dass es nicht mehr ganz so freundlich ausfiel wie zu Anfang, sondern nun beinahe etwas Hinterlistiges hatte.

Mit ein paar knappen Sätzen erklärte Johanna Knippke, wie man die Ohrstöpsel einführte, und wartete geduldig, bis alle dreiundzwanzig bruchrechnenunwilligen Schüler verplombt waren. Dann begann sie mit dem Unterricht.

»Bei der müssen wir verdammt aufpassen«, orakelte Lea, als Lucie, Alina und sie sich in der großen Pause in die Schlange vor dem Cafeteria-Kiosk einreihten. »Die hat es faustdick hinter den Ohren.«

»Du meinst wohl, *zwischen* den Ohren«, erwiderte Alina grinsend und tippte sich rechts und links gegen die Schläfen. »Frau Knippkes Einführungsvorstellung war jedenfalls ziemlich genial.«

»Mhm.« Lucie nickte. »Und bei unserer süßen Geli-Katesse steckt's anscheinend noch immer in den Ohren fest«, meinte sie kichernd. Sie schob sich den einsamen Lakritz-Drop, der sich erfreulicherweise noch in ihrer Hosentasche angefunden hatte, in den Mund und nickte zum Ecktisch auf der gegenüberliegenden Seite hinüber – dem Stammplatz der Barbie-Dolls.

Jenny, Ronja und Antonia nuckelten an ihren Orangensaft-Trink-Packs, während Geli hektisch in ihrer rechten Ohrmuschel herumpulte.

»Besonders glücklich sieht sie nicht aus«, meinte Lea.

»Selbst schuld«, entgegnete Alina schulterzuckend. »So bescheuert wie sie, Ron, Ilkay und die anderen muss man erst mal sein.«

»Mir tun sie auch nicht leid«, sagte Lucie. »Und Geli sowieso nicht.«

Lea seufzte leise. »Jenny, Ronja und Antonia könnten ihr wenigstens helfen. Ist bestimmt ein blödes Gefühl, wenn man so einen Stöpsel nicht mehr rauskriegt.«

»Wenn sie zu dusselig ist, um zu Frau Ludwig zu gehen und sich eine Pinzette geben zu lassen, *kann* man ihr nicht helfen«, betonte Lucie. Sie holte tief Luft und rief dann quer durch die Cafeteria: »Pass bloß auf, dass du dir das Ding nicht ins Gehirn drückst!«

Alina winkte kichernd ab.

»Ach, das tut bestimmt nicht weh.«

»Nee«, meinte Lucie. »Wahrscheinlich macht es einfach nur plopp … und das war's.«

Jenny, Ronja und Antonia ließen ihre Trink-Packs sinken und streckten Lucie die Zunge raus.

»Lasst doch die blöden Streber-Kühe«, tönte Geli und pfriemelte weiter in ihrem Ohr rum.

»Du bist aber auch fies«, wies Lea ihre Schwester zurecht. »Das meine ich absolut ernst«, setzte sie nachdrücklich hinzu, als Lucie nicht auf ihren Vorwurf reagierte und den Barbie-Dolls stattdessen einen Vogel zeigte.

»Wenn die nicht so bescheuert wären …«, brummte Lucie.

»Ich finde, sie sind echt genug gestraft damit, dass sie die Mathehausaufgaben nicht machen können, weil sie vom Unterricht nichts mitbekommen haben«, entgegnete Lea. »Und jetzt hat Geli auch noch dieses blöde Ding im Ohr.«

»Dann geh du doch zu Frau Ludwig und hol ihr eine Pinzette«, schlug Lucie vor.

»Ach, du bist blöd«, gab Lea zurück und verpasste ihrer Schwester einen Stoß zwischen die Rippen.

»Und du machst dir zu viele Gedanken um die Leute, die sich lieber um sich selber kümmern sollten«, erwiderte Lucie. »So kleine Pupse wie wir können schließlich nicht die Welt retten.«

»Das stimmt. Jedenfalls nicht die *ganze*«, überlegte Alina laut. »Aber vielleicht lasse ich Ronja abschreiben.«

»Spinnst du!«, knurrte Lucie.

»Wieso denn?«, verteidigte sich Alina. »Wenn Jenny, Geli und Antonia nicht dabei sind, ist Ronja eigentlich ganz okay.«

Lea bedachte ihre Freundin mit einem Stirnrunzeln, während Lucie unwillig den Kopf schüttelte.

»Darum geht es doch gar nicht«, sagte sie. »Die Knippke hat Ilkay und Co. eine Lektion erteilt. Und die wirkt nicht, wenn wir uns da einmischen. Außerdem wäre es echt ungerecht, wenn die Barbie-Dolls morgen mit Hausis antanzen und der Rest der Ohrverstöpselten nicht.«

»Vielleicht lässt Mats ja auch jemanden abschreiben«, meinte Alina schulterzuckend.

»Garantiert nicht«, entgegnete Lucie. »Eher fällt der Mond in euren Gartenteich.«

»Ich bin mir nicht sicher, aber ich glaube, man darf das gar nicht«, murmelte Lea vor sich hin, während sie in der Schlange einen Schritt vorrückte.

»Was meinst du damit?«, fragte Alina. »Wer darf was nicht?«

»Die Lehrer so viele Schüler vom Unterricht ausschließen«, antwortete Lea.

»Wieso denn ausschließen?«, hielt Lucie sofort dagegen. »Die Knippke hat doch niemanden vor die Tür gesetzt. Und die Pfropfen haben ja wohl alle freiwillig benutzt. Dazu wurde keiner gezwungen.«

»Das schon«, lenkte Lea ein. »Aber es ist doch irgendwie eigenartig, oder? Ich meine, welcher Lehrer schleppt so viele Ohrstöpsel mit sich rum?«

Alina löste das Haargummi an ihrem Hinterkopf, mit dem sie ihre störrische rote Krause zu einem Knoten bändigte, und nickte.

»Find ich auch. Das war garantiert geplant.«

»Und Papa hat auch noch mitgemacht«, fügte Lea hinzu.

»Ach Quatsch«, gab Lucie zurück. »Bloß weil er sich nicht eingemischt hat, muss er doch nicht gleich mit der Knippke unter einer Decke stecken. Im Übrigen fand *ich* die Aktion ziemlich witzig. Mathe hat mir heute richtig Spaß gemacht. Mit wenigen Schülern, die sich für den Stoff interessieren, bringt der Unterricht nämlich gleich viel mehr.«

»Dann sollten wir unsere dreiundzwanzig uninteressierten Klassenkameraden also doch vor die Tür setzen, oder wie?«, bemerkte Lea finster.

»Och nö«, meinte Lucie, während sie ihre Geldbörse aus der Seitentasche ihres Kapuzenpullis holte und ein paar Kupfermünzen hervorkramte. »Ganz ohne sie wäre es vielleicht doch ein bisschen langweilig. Mir würde es schon reichen, wenn wir sie dauerverstöpseln.« Sie steckte die Geldbörse zurück und zählte das Geld in ihrer Hand. »Kann mir jemand dreißig Cent leihen?«

»Jemand?«, hakte Lea nach. »Oder eine von uns?«

Lucie grinste verschmitzt. »Eine von euch wäre gut.«

»Was willst du dir denn kaufen?«, fragte Lea.

»Eine Apfelschorle.« Lucie seufzte. »Ich hab aber nur noch einundzwanzig Cent.«

»Was ist denn mit den fünf Euro Cafeteria-Geld, das Mama dir am Montag gegeben hat?«, bohrte Lea nach.

»Was soll schon damit sein?«, entgegnete Lucie ungeduldig. »Ausgegeben hab ich's. Du weißt doch, dass ich nicht so gut im Einteilen bin wie du.«

»Was ist denn daran so schwer?«, stöhnte ihre Schwester. »Fünf Euro die Woche macht einen Euro pro Tag. Wenn du jeden Morgen nur einen Euro einsteckst, kann eigentlich gar nichts schiefgehen.«

»Ja, wenn«, blaffte Lucie. »Mama hat mir aber leider einen Schein hingelegt.«

»Jetzt zofft euch doch nicht«, mischte Alina sich ein. Sie fischte eine Fünfzig-Cent-Münze aus ihrer Jeans hervor und legte sie zu den Kupfermünzen in Lucies Hand. »Hier. Ich spendier dir eine Apfelschorle.«

»Oh, danke!« Lucies große blaue Augen strahlten. »Das ist echt total süß von dir.«

»Ja, ja«, grummelte Lea. »Alina und ihr großes Herz.« Sie konnte sich allerdings ein Schmunzeln nicht verkneifen.

»Genau dafür lieben wir sie, oder?«, meinte Lucie und drückte Alina einen Kuss auf die Wange. »Jetzt kann ich mir sogar noch einen Lakritzlolli leisten.«

»Mhm.« Lea zog die Mundwinkel ein. »Anstatt dir das Geld für nächste Woche aufzuheben.«

»Du und deine Logik, Schwesterkeks«, erwiderte Lucie. »Ob ich mir den Lolli nun heute oder nächste Woche kaufe, kommt am Ende ja wohl aufs Gleiche raus.«

Das fürchte ich allerdings auch, dachte Lea bei sich, während sie ihrer Zwillingsschwester ein vielsagendes Lächeln schenkte.

Völlig egal, wie viel Geld Lucie zur Verfügung hatte, im Grunde war sie immer pleite.

»Die Pause ist gleich um«, stellte Alina nach einem Blick auf die große bunte Uhr, die an der gelb getünchten Wand über dem Kioskfenster hing, fest. »Und wir haben noch immer nix.«

»Wir hätten eben nicht so trödeln sollen«, erwiderte Lea und sah über ihre Schulter zurück. »Die hinter uns haben übrigens bereits aufgege…«

Vor Schreck blieb ihr die letzte Silbe im Hals stecken.

Ihr Vater und Johanna Knippke liefen gerade den Gang entlang in Richtung Lehrerzimmer.

Lea schloss kurz die Augen und holte tief Luft.

Okay, sie war sich nicht zu hundert Prozent sicher, aber doch mindestens zu fünfundneunzig, dass Butterkeks Gerald von Leipnitz und die neue Referendarin sich für eine kaum wahrnehmbare Milliblitzsekunde an den Händen berührt – wenn nicht sogar gehalten! – hatten.

Gewagte Rezepturen

»Das kann nicht sein.« Lucie stoppte ihr Fahrrad, sprang auf den Bürgersteig und schüttelte energisch den Kopf. »Unmöglich! Du hast dich bestimmt verguckt.«

Anders als ihre Zwillingsschwester zog Lea sachte die Handbremse und ließ das Rad ausrollen, bevor sie abstieg.

»Das hab ich zuerst ja auch gedacht«, erwiderte sie. »Zumindest zu fünf Prozent. Aber irgendwie hat sich exakt dieses Bild hier eingebrannt!«, schimpfte sie und schlug sich zornig mit dem Handballen gegen die Stirn.

Lucie hievte ihren Drahtesel über die Bordsteinkante und lehnte ihn gegen den Stromverteilerkasten. Mit vor der Brust gekreuzten Armen und skeptisch vorgeschobener Unterlippe ging sie auf ihre Schwester zu.

»Ich glaub das einfach nicht«, bekräftigte sie.

»Würde ich ja auch gern«, jammerte Lea. »Ach, verdammt!«, fluchte sie. »Hätte ich mich vorhin in der Cafeteria doch bloß nicht umgedreht!«

»Ehrlich gesagt, hätte ich das auch besser gefunden«, gab Lucie zurück. »Mannomann! Ausgerechnet heute, wo die Butterkekse Hochzeitstag haben!«

Dreizehn Jahre waren Rosanna und Gerald von Leipnitz inzwischen verheiratet. Klar hatte es hin und wieder mal

Meinungsverschiedenheiten gegeben, aber niemals einen ernsthaften Streit. Heute Morgen beim Frühstück hatten sie noch geturtelt wie zwei frisch verliebte Täubchen – und jetzt DAS!

»Jedenfalls würde es erklären, wieso Papa nichts gegen die Ohrstöpsel-Aktion unternommen hat«, brummte Lea.

»Mhmmm … vielleicht.«

Nachdenklich nagte Lucie an ihrer Unterlippe.

»Okay«, sagte sie schließlich. »Ist sicher besser, wenn wir das Ganze mal im Auge behalten.«

Lea lehnte ihr Rad gegen das von Lucie, schloss beide an den Hinterrädern zusammen und nickte.

»Und vorerst kein Wort zu Opa Pistorix!«, beschwor sie ihre Schwester.

Es dauerte eine halbe Ewigkeit, bis der Türsummer ertönte. Der Duft nach frisch gebackenem Kuchen war jedoch schon bis nach draußen zu riechen.

»Hoffentlich ist Opa Pistorix nicht ins Klo gefallen«, murmelte Lucie.

»Oder über Nacht taub geworden«, gab Lea sorgenvoll zurück.

Lucie schüttelte den Kopf. »Ach, was! Du kennst ihn doch. Manchmal ist er einfach bloß stur.«

»Ja, wenn Papa oder Mama etwas von ihm wollen«, erwiderte Lea. »Oder wenn es um Oma Billie geht. Aber doch nicht bei uns.«

»Hm, stimmt.« Lucie nickte. »Es wäre gut, wenn wir einen Schlüssel hätten«, meinte sie, während sie ihren Blick über die beiden Fenster gleiten ließ, die zur Straße hinausgingen.

»Das kannst du knicken«, sagte Lea. »Sogar Papa musste sich heimlich einen anfertigen lassen.«

Opa Pistorix konnte es nämlich nicht leiden, wenn man ihm hinterherspionierte.

»Hm«, machte Lucie noch einmal. »Könnte allerdings sein, dass ich eine Idee habe«, fügte sie geheimnistuerisch hinzu.

»Aha? Und in welche Richtung geht die so, deine Idee?«, bohrte Lea, nichts Gutes ahnend, nach.

»Das verrate ich dir lieber erst hinterher«, entgegnete Lucie.

»Och, nö, das ist n…«, setzte Lea zum Protest an, da wurde die Haustür mit einem Ruck aufgerissen, und ihr Großvater stand auf der Schwelle.

»Hallo, meine Zwengelchen! Da seid ihr ja endlich!«, rief er, und seine blauen Augen strahlten vor Freude.

»Zwengelchen« war die Abkürzung für »Zwillingsengelchen«, die Opa Pistorix gleich nach Leas und Lucies Geburt eingeführt hatte. Er nannte die beiden so gut wie nie bei ihren Vornamen, weil er immer eine Weile brauchte, bis er sie auseinanderhalten konnte, denn äußerlich glichen die Schwestern sich bis auf das winzig kleine Muttermal unter dem rechten Nasenflügel.

»Wer ist wer?«, fragte ihr Großvater auch jetzt.

»Ich bin Lea«, antwortete Lucie.

»Dann muss ich wohl Lucie sein«, meinte Lea grinsend. »Übrigens sind wir nicht *endlich*, sondern schon geschlagene fünf Minuten hier.«

»Oh, das tut mir leid«, erwiderte Otto von Leipnitz, alias der Vater von Gerald von Leipnitz, alias Opa Pistorix. »Aber ich hatte noch im Keller zu tun, und dabei habe ich offenbar ein wenig die Zeit vergessen«, entschuldigte er sich.

»Schon okay«, sagte Lucie. »Hauptsache, die Torte für Mama und Papa ist nicht angebrannt.«

»Ach, die ist doch schon längst fertig.« Otto von Leipnitz trat zur Seite und winkte die Zwillingsschwestern herein. »Und jetzt kommt. Ihr müsst unbedingt meine neueste Rezeptur probieren.«

Leas und Lucies Großvater wohnte im Hochparterre. Bei jedem Schritt, mit dem er eine Treppenstufe erklomm, schwang sein kugelrundes Bäuchlein auf und ab. Trotz seines Alters und der Körperfülle war er noch immer flink wie ein »Papierflieger im Windkanal«. So jedenfalls hatte Gerald von Leipnitz es einmal ausgedrückt, und seine Töchter hatten ihm sofort beigepflichtet. Manchmal – insbesondere in heiklen Situationen – war Opa Pistorix schneller von der Bildfläche verschwunden, als man bis drei zählen konnte.

Auch jetzt war er ziemlich flugs bei seiner Wohnungstür. Er schloss auf und ließ Lea und Lucie zuerst eintreten.

Die Schwestern stellten ihre Rucksäcke unter der Garderobe ab und stürmten sofort in die Küche.

»Wow!«, jubelten sie im Duett. »Die Torte für unsere Eltern sieht ja mega aus!«

»Schade, dass wir sie nicht jetzt schon probieren können«, sagte Lea und berührte vorsichtig eins der türkisfarbenen Marzipanherzen auf der dreistöckigen mit sonnengelbem Zuckerguss überzogenen Torte.

»Die Welle obendrauf ist am coolsten«, meinte Lucie. »Wie hast du die nur so original hingekriegt?«

»Mit meinen überaus geschickten Fingern natürlich«, protzte Opa Pistorix. »Ach, und übrigens …«, fuhr er mit einem Augenzwinkern fort, »wer behauptet eigentlich, dass ihr sie nicht gleich probieren dürft?«

Die Zwillingsschwestern sahen ihn irritiert an. Dass sie ihren Eltern nachher eine angeschnittene Hochzeitstorte überreichten, kam ja wohl kaum infrage.

»Wenn ich die Damen also auf den Balkon bitten dürfte …«, sagte Otto von Leipnitz unbeirrt und wies mit ausgestreckten Armen zur Küchentür hinaus.

Lucie lief voran, und Lea klebte ihr an den Fersen. Sie durchquerten den schmalen Flur und das Wohnzimmer und trabten auf den Balkon hinaus.

Der kleine Holztisch war fix und fertig gedeckt. Auf einer feinen weißen Spitzendecke standen zwei gelb-türkise Törtchen im Miniformat, umringt von vier Tellern, zwei Tassen und zwei Gläsern. Eine brennende Kerze und vier farblich passende und zu Blüten geformte Papierservietten rundeten das Ganze auf festliche Weise ab.

»Opa, du hast dich verzählt!«, platzte es aus Lea heraus. »Wir sind doch nur zu dritt!«

»Ja.« Otto von Leipnitz nickte. »Aber nicht mehr lange.«

Lucie machte große Augen.

»Du hast noch jemanden eingeladen?«, stieß sie erstaunt hervor.

Ihr Großvater nickte abermals. »Allerdings.«

»Verrätst du uns auch, wer es ist?«, fragte Lea.

Otto von Leipnitz wiegte seinen Kopf hin und her.

»Nein, lieber nicht. Es soll eine Überraschung sein. Aber setzt euch ruhig schon mal hin«, meinte er. »Bis unser Besuch da ist, dürft ihr von meiner allerneuesten Kreation kosten.«

»Okaaayyy«, sagte Lucie gedehnt.

Sie und ihre Schwester warfen sich einen ratlosen Blick zu und setzten sich dann einander gegenüber an den Tisch.

»Wie ich eben bereits erwähnte, gibt es eine ziemlich gewagte Rezeptur«, sagte Otto von Leipnitz, dessen rundes Gesicht nun eine aufgeregte Röte zierte. »Bin in drei Sekunden wieder da«, kündigte er an, bevor er blitzschnell ins Wohnzimmer zurückhuschte.

»Eins … zwei … drei …«, zählte Lucie und zog eine Grimasse. »Von wegen Papierflieger im Windkanal.«

»Vielleicht liest er ja noch rasch ein paar Seiten in einem seiner geliebten Asterix-Hefte«, witzelte Lea.

Otto von Leipnitz war nämlich ein leidenschaftlicher *Asterix und Obelix*-Fan.

Anstatt sich vor den Fernseher zu hocken und wie andere Männer seines Alters einen Krimi oder die Sportschau zu gucken, vergrub er seine Nase lieber in einem seiner geliebten und schon ziemlich zerlesenen Comics.

Lea und Lucie scherzten oft darüber, denn sie fanden, dass ihr Großvater selbst sehr gut ein Bewohner dieses legendären unbesiegbaren gallischen Dorfes hätte sein können. Und weil sein zweites Hobby das Kreieren von Kuchen und Torten war und Bäcker auf Lateinisch »Pistor« hieß, hatten sie ihm kurzerhand den Spitznamen Opa Pistorix verpasst.

»Von ›gewagt‹ war übrigens eben auch noch nicht die Rede«, fuhr Lea fort. »Nur von neuer Rezeptur. Die Torte für die Butterkekse ist allerdings wirklich toll geworden.«

»Mhm«, pflichtete Lucie ihr bei. »Gelb wie die Sonne über Teneriffa und türkis wie das Meer drum herum.«

Auf der Hauptinsel der Kanaren hatten ihre Eltern sich vor ziemlich genau fünfzehn Jahren kennengelernt, als Gerald von Leipnitz Rosanna de Angelis ganz romantisch aus einer Monsterwelle rettete.

»Wenn Johanna Knippke sich ihm an den Hals wirft …«, begann Lucie.

»Was dann?«, half Lea ihrer Schwester auf die Sprünge.

»Werden wir sie ertränken …«, sagte Lucie vage und setzte hastig »Oder so ähnlich!« hinzu.

»Noch wissen wir ja nicht, ob ich mich nicht vielleicht doch verguckt habe«, meinte Lea.

»Ach, auf einmal?«, wunderte sich Lucie.

»Na jaaa …« Lea stieß einen langen Seufzer aus.

Je mehr Zeit zwischen ihrer Beobachtung in der Pause und dem Hier und Jetzt verstrich, desto leichter war es, sich einzureden, dass sie sich das Berühren der Hände tatsächlich nur eingebildet hatte. »Lass uns doch erst mal abwarten, wie die Torte ankommt«, schlug sie vor.

»Trotzdem«, beharrte Lucie. »Wir sollten JayKay alias Johanna Knippke auf jeden Fall weiter beobachten.«

Lea zog eine Schnute. »Oder Papa.«

»Besser nicht.« Ihre Zwillingsschwester wedelte mit ihrer Kuchengabel hin und her. »Das wäre viel zu auffällig. Wenn sich nämlich wirklich etwas zwischen den beiden anbahnt, wird er verdammt auf der Hut sein und früher oder später merken, dass wir ihm hinterherspionieren.«

Lea schluckte. Wie konnte Lucie diese Ungeheuerlichkeit nur aussprechen! Sie selbst wollte sich das nicht einmal vorstellen. Der bloße Gedanke, dass Papa Butterkeks Mama Butterkeks auf eine solche Weise hinterging, schnürte ihr den Magen zusammen. Nein! Nein! Nein! Und nochmals nein! Es durfte einfach nicht wahr sein!

»Ich glaub's nicht«, murmelte sie. »Selbst wenn Papa und Johanna Knippke sich irgendwie berührt haben, könnte es dafür auch eine ganz andere Erklärung geben.«

»Kann es nicht«, widersprach Lucie heftig. »Nur Liebespaare fassen sich an den Händen. Außerdem ist ›könnte‹ Konjunktiv. Ich will aber nicht auf etwas warten, das vielleicht passiert. Dann ist es nämlich zu spät. Ich will lieber vorher schon etwas tun.«

»Und was?«, fragte Lea.

»Weiß ich noch nicht genau.« Lucie tippte sich mit den Fingern gegen ihre Schläfen. »Aber ich spüre schon, wie sich da drinnen was zusammenbraut.«

Lea sah ihre Schwester mahnend an.

»Mach bloß keine Alleingänge!«

»Ne, ne, keine Angst, natürlich werde ich …«

Lucie wurde vom lauten »Täterätäää!« ihres Großvaters unterbrochen.

»Na, was sagt ihr dazu?«, fragte Opa Pistorix.

Er trat auf die Terrasse heraus und stellte seinen Enkelinnen jeweils eine Dessertschale vor die Nase, die einen braunen Haufen Was-auch-immer enthielt.

»Tja, hm … keine Ahnung«, erwiderte Lea und betrachtete ihr Häuflein skeptisch von allen Seiten. »Ich finde, es sieht wirklich etwas gewagt aus.«

»Seit wann erledigst du deine persönlichen Geschäfte nicht mehr auf der Toilette?«, brachte Lucie es ohne Umschweife auf den Punkt.

»Ich gebe zu, das Ganze ist noch verbesserungswürdig«, antwortete ihr Großvater ein wenig zerknirscht. »Aber ich kann euch versprechen: Es schmeckt auch so absolut köstlich.«

»Ja, dann …«, sagte Lucie.

Sie und Lea nickten einander kurz zu und tauchten ihre Kuchengabeln todesmutig in die braune Masse.

»Ich hoffe, es ist irgendwas mit Schokolade«, murmelte Lea. Im nächsten Moment weiteten sich ihre Augen und sie stieß ein freudig überraschtes »Oh!« aus.

Aus einer weichen braunen Kuchenmasse quoll eine zartrosafarbene Creme hervor, die winzige rote Fruchtstückchen enthielt.

»Was ist das?«, wolle Lucie wissen. »Himbeeren?«

»Nein, Erdbeeren«, sagte Otto von Leipnitz und wippte ungeduldig mit den Fersen auf und ab. »Jetzt kostet endlich, sonst platze ich womöglich noch.«

»Au weia«, meinte Lucie. »Ob wir das wollen?« Grinsend sah sie ihre Schwester an. »Nee, he? Oder glaubst du etwa, dass Opa Pistorix auch mit Erdbeercreme gefüllt ist?«

Kichernd schoben sich die Schwestern eine gut gefüllte Kuchengabel in den Mund.

»Du hast eine blühende Fantasie, Zwengelchen«, bemerkte

ihr Großvater und blickte geradezu spannungsgeladen zwischen den Mädchen hin und her.

Lea und Lucie wussten genau, wie sie ihn auf die Folter spannen konnten, und verzogen erst mal keine Miene.

»Und?«, fragte Otto von Leipnitz, nachdem die Zwillinge auch einen zweiten Bissen ohne jeglichen Kommentar verdrückt hatten.

Lucie zauberte sich einen scheinheiligen Ausdruck ins Gesicht. »Was meinst du?«

»Na, wie es euch schmeckt, natürlich!«, platzte es aus ihrem Großvater heraus.

»Hm«, machte Lea. »Ganz okay, oder?«

»Joah«, meinte Lucie schulterzuckend. »Vielleicht ein bisschen fad.«

»Waaas?«, rief Otto von Leipnitz empört. »Ist dir eigentlich klar, wie viel Peperoni ich in die Creme gerührt habe?«

»Ach!« Lea tat erstaunt. »Dann sind diese roten Stückchen also gar keine Erdbeeren?«

»Aber selbstverständlich sind es Erdbeeren«, polterte ihr Großvater, der es hervorragend verstand, seine Enttäuschung mit einem Wutausbruch zu übertünchen. »Ich habe sie heute Morgen frisch vom Markt geholt und …«

»Du hast Peperoni in die Creme getan?«, keuchte Lucie. Sie fasste sich an den Hals und verdrehte die Augen. »Hast du etwa vergessen, dass ich allergisch gegen Schotengewächse bin?«

Otto von Leipnitz erbleichte von einer Sekunde auf die andere.

»Ich?«, stammelte er. »Schotengewächse? … Ähm, vergessen? … Nein … Ich hab das ja nicht einmal gewusst.«

»Es stimmt ja auch nicht«, sagte Lea trocken. »Lucie ist eine ganz üble Schwindlerin. *Das* hättest du dir eigentlich auf deinen Merkzettel schreiben sollen.«

»Aber Zwengelchen«, erwiderte Otto von Leipnitz. »Ich kann euch ja nicht mal auseinanderhalten.«

»Das ist nun echt nicht unser Problem«, brummte Lucie und ließ die Hände sinken. »Außerdem ist es auch nicht besonders nett.«

Lea nickte eifrig. »Wenn du dir mit deinen Enkeltöchtern nur halb so viel Mühe geben würdest wie mit deinen Torten, wären wir schon überglücklich.«

»Aber Zwengelchen …« Wie ein mit dicken Steinen gefüllter Sack sank Otto von Leipnitz auf einen der beiden freien Stühle und sah bestürzt von einem Zwillingsmädchen zum anderen. »Warum habt ihr denn nie etwas gesagt? Ich konnte ja nicht ahnen, dass es euch so viel ausmacht! Und ich wollte euch ganz gewiss nicht kränken«, sagte er und ließ betreten den Kopf sinken. »Wisst ihr, früher hat eure Oma das mit dem Auseinanderhalten geregelt. Es war, als hätte sie euch ein unsichtbares Namensschild umgehängt, das ich nur abzulesen brauchte.«

Lea legte ihrem Großvater mitfühlend ihre Hand auf den Arm.

»Aber jetzt ist Oma Billie nicht mehr da«, erwiderte sie leise.

»Na ja, so richtig weg ist sie ja nun auch wieder nicht«, meinte Lucie.

»Im Gegenteil.« Otto von Leipnitz' Blick wanderte zur Balkontür. »Eigentlich müsste sie längst hier sein.«

»Oh!« Leas Augen leuchteten auf. »Dann ist *sie* also die Überraschung.«

»Ja, Zwengelchen, aber …«

»Es macht nix, dass du uns nicht auseinanderhalten kannst«, fiel Lucie ihm ins Wort. »Eigentlich ist es sogar ganz lustig. Und dein kleiner Erdbeercreme-Peperoni-Kackhaufen hier …«, sie deutete auf ihr Dessertschälchen, »… schmeckt absolut köstlich. Fruchtig, scharf und schokoladig. Total super!«

»Find ich auch«, pflichtete Lea ihrer Schwester bei.

Noch lieber wäre es ihr natürlich gewesen, wenn es sich bei der Creme nicht um eine Creme, sondern um köstlich kühles Erdbeereis gehandelt hätte.

»Ehrlich?«

Die Miene ihres Großvaters hellte sich schlagartig auf.

»Ehrlich!« Lea hob die Hand zum Schwur. »Und das mit dem Zwillings-Tortenvergleich war auch gar nicht ernst gemeint.«

Otto von Leipnitz holte tief Luft.

»Na, also …«, wollte er sich empören, aber auch diesmal ließen ihn seine Enkelinnen nicht zu Wort kommen.

»Lea und ich haben bloß Spaß gemacht, Opa Pistorix«, sagte Lucie. »Wir wissen doch, dass du uns gernhast.« Sie sprang von ihrem Stuhl auf und drückte ihm einen Kuss auf die Wange. »Wir dich übrigens auch.«

»Ach, meine Zwengelchen«, seufzte ihr Großvater, und ein glückliches Lächeln breitete sich auf seinem Gesicht aus. »Ihr seid mir wirklich die Allerliebsten.«

»Und Oma Billie natürlich«, ergänzte Lucie und kniff ihrer Schwester freundschaftlich in den Nacken. »Na los, wollen wir mal nachschauen, ob sie schon im Anmarsch ist?«

»Klar.« Lea schaufelte sich noch rasch eine Portion Schokokuchen-Erdbeercreme in den Mund und erhob sich ebenfalls.

»Jetzt wartet doch mal!«, rief Otto von Leipnitz ihnen nach, aber da waren die Zwillingsschwestern bereits im Wohnzimmer abgetaucht.

Sie steuerten gerade auf die Küche zu, um von dort aus durchs Fenster auf die Straße hinauszuschauen, als die Klingel schrillte.

»Perfekt! Da ist sie ja schon«, jubelte Lucie und stürzte ins Treppenhaus. »Nee, doch nicht«, korrigierte sie sich, als sie den dunklen Männerschemen hinter der geriffelten Glasscheibe der Haupttür registrierte.

»Ja, hallo?«, rief Lea derweil in den Lautsprecher der Gegensprechanlage. »Wer ist denn da?«

»Floristik Petzold«, antwortete eine tiefe Stimme. »Ich habe eine Nachricht für Herrn von Leipnitz.«

Lucie hechtete die Treppe hinunter und riss die Tür auf.

»Ich bin seine Enkelin«, sagte sie zu dem bunten Sommerblumenstrauß, der in kariertem Hemd, Jeans und Chucks auf der Schwelle stand.

Der Blumenstrauß wanderte nach unten, und dahinter kam das freundliche Gesicht eines circa dreißigjährigen Mannes zum Vorschein.

»Mein Name ist Grawe«, stellte er sich vor. »Ist dein Opa zu Hause?«

»Ja, aber Sie können die Blumen genauso gut auch mir geben«, erwiderte Lucie.

»Die Blumen und diesen Brief hier«, sagte der Mann.

Er hatte die schokoladenbraunsten Augen, die Lucie je gesehen hatte, und ziemlich verstrubbeltes schwarzes Haar. Eigentlich sah er gut aus, fand sie. Zumindest soweit sie das beurteilen konnte. Lediglich der Sechstagebart war nicht ganz nach ihrem Geschmack.

Der Mann zog einen leicht zerknitterten violetten Umschlag aus seiner Gesäßtasche hervor und reichte ihn ihr.

»Vielen Dank«, sagte Lucie, nahm den Brief und die Blumen entgegen und flitzte wieder die Treppe hinauf.

»Ich glaube, du hast eine heimliche Verehrerin!«, rief sie, nachdem sie die Wohnungstür hinter sich geschlossen hatte.

Otto von Leipnitz brummte etwas Unverständliches, wies Lucie an, die Blumen ins Wasser zu stellen und öffnete den Umschlag.

»Und?«, fragte Lea, während ihre Schwester mit dem Strauß in die Küche eilte. »Wie heißt deine Verehrerin?«

»Sybille von Leipnitz«, erwiderte ihr Großvater knapp.

Seine Lippen zitterten, und seine Mundwinkel bogen sich nach unten. Er sah aus, als würde er jeden Augenblick anfangen zu weinen.

»Oma Billie?« Lea schluckte. »Was schreibt sie denn?«

»Sie entschuldigt sich«, presste Otto von Leipnitz hervor.

»Und wofür?«, fragte Lea leise.

»Dafür, dass sie nun doch nicht kommt«, krächzte ihr Großvater. Er knüllte den Brief zusammen und rieb sich mit Daumen und Zeigefinger über die Augen. »Vermutlich hat dieser Sparkassenheini es ihr ausgeredet.« Er vermied es, Lea anzusehen, und reckte stattdessen den Hals in Richtung Küche.

»Die Blumen kannst du im Papier lassen, Zwengelchen!«, rief er. »Die hat sie nämlich für eure Eltern bestellt. Und jetzt esst endlich diesen verfluchten Kackhaufen auf.«

Torte frei Haus

»Opa Pistorix kapiert es einfach nicht«, sagte Lucie, als sie und ihre Schwester eine gute Stunde später auf ihre Fahrräder stiegen.

Der Blumenstrauß klemmte unter Leas Gepäckträger, und die gelb-türkisfarbene Hochzeitstorte, die ihr Großvater in eine weiße Schachtel gepackt hatte, hatten sie mehr schlecht als recht mit einer ausgemusterten Krawatte auf Lucies Drahtesel befestigt.

»Er tut mir schrecklich leid«, murmelte Lea und warf einen letzten Blick zu Otto von Leipnitz' Küchenfenster hinauf. »Bestimmt sitzt er jetzt auf dem Sofa und heult.«

»Es ist über drei Jahre her, seit Oma Billie ihn verlassen hat«, betonte Lucie. »Ich finde, so langsam müsste er doch darüber hinweg sein.«

»Er liebt sie nun mal«, verteidigte Lea ihren Großvater und bedeutete Lucie vorzufahren, damit sie die Torte auf dem Gepäckträger der Schwester im Auge behalten konnte. »Aber langsam«, mahnte sie. »Sonst fällt sie wirklich noch runter.«

Was nicht nur jammerschade, sondern garantiert auch ein schlechtes Zeichen wäre!

»Mir tut er ja auch leid«, erwiderte Lucie, während sie vorsichtig in die Pedale trat. »Trotzdem ist es besser so.«

»Das sagst du doch nur, weil du Oma Billie nicht magst!«, rief Lea.

»Sie ist eine eingebildete, größenwahnsinnige Schnepfe!«, gab Lucie zurück.

»Na, hör mal! Immerhin hat sie Papa zur Welt gebracht«, argumentierte Lea. »Ohne ihn gäbe es uns gar nicht.«

»Trotzdem«, sagte Lucie noch einmal. »Wenn sie den liebsten Opa-Mann der Welt für einen Sparkassenschnösel sitzen lässt, bloß weil der in Anzug und Krawatte herumstolziert und ein dämliches Audi-A4-Cabrio fährt, dann können bei ihr im Oberstübchen ja gar nicht alle Schrauben richtig festgezogen sein.«

Lea durchzuckte ein Schreck.

»Vielleicht hat er das ja von ihr geerbt«, platzte es aus ihr heraus.

»Wer?«

»Na, Papa«, sagte Lea.

»Aber der ist doch kein größenwahnsinniger, eingebildeter Schnepferich!«, rief Lucie entrüstet über die Schulter.

»Das meine ich ja auch nicht«, erwiderte ihre Schwester bedrückt. »Sondern das mit dem Untreusein.«

»Quatsch!« Lucie tippte sich an die Stirn. »So was kann man garantiert nicht erben.«

Ihr Fahrrad wackelte hin und her, und die Torte auf dem Gepäckträger geriet bedrohlich ins Schlingern.

»Pass auf!«, stieß Lea erschrocken hervor. »Guck lieber wieder nach vorn und halt den Lenker mit beiden Händen fest!«

»Keine Panik, ich krieg das schon hi…«

Weiter kam Lucie nicht, denn in diesem Moment rutschte

ihr Vorderrad von der Bordsteinkante. Es gab einen Rums, und die Schachtel mit der Torte glitt unter der Krawattenbefestigung weg und landete auf dem Bürgersteig. Zum Glück konnte Lucie ihren linken Fuß rechtzeitig aufsetzen, sodass sie nicht ebenfalls stürzte.

Lea stieß einen Schrei aus und machte eine Vollbremsung. Sie ließ ihr Rad zu Boden poltern und ging vor der Kuchenschachtel auf die Knie. Mit einem Ruck riss sie den Deckel herunter und starrte ungefähr drei Sekunden hinein. Dann legte sie ihren Kopf in den Nacken und heulte wie ein Wolf.

»Mann ey!«, schimpfte Lucie. »Ich glaube, bei dir sind auch ein paar Schrauben locker!« Hastig hievte sie ihr Fahrrad von der Straße, bockte es auf und packte ihre Schwester unter den Achseln. »Los! Aufstehen!«, befahl sie. »Sofort! Ich habe nämlich keine Lust wegen peinlichem Verhalten im Straßenverkehr verhaftet zu werden.«

»Aber die ganze Torte ist kaputt«, jammerte Lea.

Lucie warf einen Blick in die Schachtel.

»Einen Knick in der Linse hast du auch noch«, wetterte sie weiter. »Die Welle ist abgebrochen. Mehr nicht. Jetzt mach dir mal nicht ins Hemd. Das kriegen wir schon wieder hin.«

Ein Hupen in unmittelbarer Nähe ließ die Schwestern zusammenzucken.

»Hallo, ihr beiden«, rief eine Stimme, die Lucie zwar bekannt vorkam, sie jedoch nicht gleich zuordnen konnte. »Braucht ihr Hilfe?«

»Was macht die denn hier?«, knurrte Lea, die sich in null Komma nix gefangen und auf die Füße gerappelt hatte und nun mit grimmiger Miene zur anderen Straßenseite blickte.

»Wer?«

»Na, die Knippke.«

»Wo?«

Lucie blinzelte gegen die Sonne, und da bemerkte auch sie die junge Referendarin, die ihre lange blonde Lockenmähne aus dem Seitenfenster eines knallroten Minicoopers wehen ließ. Der Wagen parkte schräg gegenüber vor einem türkischen Lebensmittelladen.

»Nee, vielen Dank!«, rief Lucie. »Wir kommen schon klar.«

»Das sehe ich«, erwiderte Johanna Knippke.

Die Fahrertür schwang auf, und wenige Atemzüge später kam die Referendarin in ihren knallroten Slingpumps auf die Zwillinge zugeklackert.

Als Erstes hob sie Leas Fahrrad auf und prüfte, ob nichts verbogen war und Licht und Bremsen noch funktionierten.

»Wir hatten keinen Unfall«, sagte Lucie. »Zumindest keinen richtigen.«

»Die Torte ist allerdings total hinüber«, meinte Lea.

»Oh!« Johanna Knippke zeigte auf die weiße Schachtel, die noch immer auf dem Radweg lag. »Ist sie dort drin?«

»Ja, aber es ist alles halb so wild«, wiegelte Lucie ab.

Ganz sicher hatte sie nicht vor, sich auch noch in ihrer Freizeit von einer Lehrerin belehren zu lassen, aber nicht nur deshalb wollte sie so schnell wie möglich weg von hier. Mittlerweile war nämlich schon eine ganze Reihe Leute stehen geblieben und gaffte Lea und sie unverhohlen an.

Womöglich befand sich unter ihnen einer dieser schrecklichen Schmierblattreporter, und morgen stand dann in der

Zeitung, dass ein Zwillingspärchen stundenlang den Radweg blockiert hätte. Auch darauf konnte Lucie gut verzichten.

Wenn schon über sie berichtet wurde, dann doch bitte schön etwas Positives. Zum Beispiel, dass sie ihren ersten Poetry-Slam gewonnen oder ihre Eishockeymannschaft, die *Red hot Firefoxes*, eiskalt zum Sieg geschossen hätte.

Lea hatte allerdings eine kleine Planänderung. Ihr Ärger über diese zufällige Begegnung mit Johanna Knippke war nicht nur verflogen, sondern kam ihr inzwischen sogar gelegen – und zwar für einen kleinen Test.

»Die Torte ist ein Geschenk für unsere Eltern«, sagte sie. »Sie feiern heute Hochzeitstag.«

»Oh«, erwiderte die Referendarin mit einem Lächeln, das Lea nicht ganz echt vorkam. »Das ist ja reizend. Wie lange sind die beiden denn schon verheiratet?«

»Dreizehn Jahre«, erklärte Lea stolz.

Lucie funkelte ihre Schwester zornig an. Was plapperte Lea denn da? DAS ging ja nun wohl echt niemanden etwas an!

»Dann sind die Blumen wohl auch für sie?«, erkundigte sich Johanna Knippke und begutachtete den Strauß auf Leas Gepäckträger. »Die scheinen zum Glück aber nichts abgekriegt zu haben.«

»Ja, und wie ich eben schon sagte …«, betonte Lucie und bedachte Lea mit einem weiteren gut gewürzten Seitenblick, bevor sie sich erneut der hübschen Referendarin zuwandte. »Die Torte werden wir auch wieder zusammenbasteln. Dafür benötigen wir Ihre Hilfe nicht … trotzdem vielen Dank noch mal«, fügte sie nach einem kurzem Zögern hastig hinzu.

Ein bisschen Höflichkeit konnte auf keinen Fall schaden.

»Ich wollte euch eigentlich gerade vorschlagen, dass wir die Tortenschachtel und die Blumen in meinen Wagen verfrachten«, bot Johanna Knippke sich an.

»Und Sie sich damit aus dem Staub machen?«, flutschte es Lea über die Lippen.

»Wie bitte?« Die Referendarin lachte. »Wie kommst du denn auf so etwas?«

Hilfe!, dachte Lucie. Jetzt war ein Ablenkungsmanöver gefragt.

Sie verdrehte die Augen und tat so, als würde sie ohnmächtig werden. »Puh, ist mir schwindelig!«, stöhnte sie.

Johanna Knippke musterte sie besorgt.

»Bist du etwa doch hingestürzt und hast dir den Kopf angeschlagen?«

»Nein, bin ich nicht«, versicherte Lucie ihr. »Und es geht auch schon wieder.«

»Sicher?«, fragte Johanna Knippke und kam nun so dicht an Lucie heran, dass sie die winzig kleinen hellen Sommersprossen auf der Nase der Referendarin zählen konnte.

Es waren genau fünf.

Einen Lidschlag später schob sich ein schlanker Finger dazwischen und bewegte sich langsam von rechts nach links.

Lucie ließ ihm ihren Blick folgen.

»Okay«, sagte Johanna Knippke, und ihr Finger und die fünf Sommersprossen verschwanden aus Lucies Gesichtsfeld. »Es scheint tatsächlich alles in Ordnung zu sein. Trotzdem wäre ich ungemein beruhigt, wenn du ohne diese Torte auf dem Gepäckträger nach Hause fahren würdest.«

Nachdem Lucie ungefähr dreimal lautstark protestiert und Lea ihr genauso oft den Ellenbogen zwischen die Rippen gedrückt hatte, willigten die Zwillingsschwestern schließlich ein und überließen der Referendarin die Torte und den Blumenstrauß.

»Sie dürfen aber auf keinen Fall bei uns zu Hause klingeln, sondern müssen auf Lea und mich warten«, machte Lucie zur Bedingung.

Johanna Knippke, die mittlerweile wieder am Steuer ihres Minicoopers saß, reckte den Daumen zum Seitenfenster hinaus.

»Und bitte fahren Sie vorsichtig!«, rief Lea.

Die Referendarin nickte. »Versprochen.«

Sie startete den Motor, winkte den Mädchen noch einmal kurz zu und fuhr los.

»Sie hat gar nicht nach unserer Adresse gefragt«, murmelte Lucie.

»Ach, sag bloß!« Lea schmunzelte. »Ist dir das auch schon aufgefallen? Das Ganze ist ein Test«, setzte sie erklärend hinzu, als sie den irritierten Blick ihrer Schwester bemerkte. »Hast du das etwa noch immer nicht kapiert?«

»Doch, ich glaube, so langsam klappt es da oben mit der Deckenbeleuchtung«, erwiderte Lucie und klatschte sich mit der Hand gegen die Stirn. »Du willst herausfinden, wie gut sie und Papa sich bereits kennen.«

»Bingo«, bestätigte Lea. »Wie lange die Butterkekse verheiratet sind und dass sie heute Hochzeitstag haben, wusste sie jedenfalls schon mal nicht.«

Lucie kniff die Augen zusammen und schaute nachdenklich in die Ferne.

»Vielleicht hast du ja recht, und sie haut wirklich mit den Sachen ab.«

»Nee.« Lea schüttelte den Kopf. »Das ist mir doch bloß so rausgerutscht. Frau Knippke ist schließlich eine Lehrerin«, betonte sie. »Na ja, zumindest fast«, fügte sie achselzuckend hinzu.

»Ach, und du meinst, Lehrerinnen machen so etwas nicht?«, erwiderte Lucie. »Abgesehen davon würde Aussage gegen Aussage stehen. Was denkst du, wem man eher glaubt?«

»Einer Lehrerin.«

»Eben.«

»Aber wir sind zu zweit«, gab Lea zu bedenken.

»Das zählt nicht«, widersprach Lucie. »Erwachsene haben immer recht. Außerdem sind wir Zwillinge. Noch dazu Eineiige. Das ist fast wie geklont.«

»Ja, klar.« Lea klopfte sich mit der Faust auf die Brust. »Wir sind uns innerlich ja auch sooo wahnsinnig ähnlich.«

»Egal«, meinte Lucie. »Entscheidend ist, was die Erwachsenen über uns denken. Dass wir ohneeinander nicht können und immer felsenfest zusammenhalten. Dieser ganze Zwillings-Mist halt.«

»Also, so mistig finde ich das gar nicht«, gab Lea zurück. »Und es stimmt ja auch. Wenn es hart auf hart käme, würde ich hundertprozentig hinter dir stehen. Selbst wenn du den größten Bockmist der Welt gebaut hättest.«

»Gut zu wissen, Schwesterkeks!« Lucie zwinkerte Lea zu. »Und jetzt ist Schluss mit dem Gequatsche«, sagte sie und deutete die Straße hinunter. »Noch kann ich den kleinen roten Flitzer sehen … Wenn wir uns beeilen …«

Mehr brauchte sie nicht zu sagen. Lea saß schneller auf dem Fahrradsattel, als Lucie Lakritzschnecke denken konnte, und zischte wie von der Tarantel gestochen hinter Johanna Knippke her.

Obwohl die Zwillingsschwestern wirklich alles aus sich herausholten, verloren sie den roten Minicooper schon bald aus den Augen. Trotzdem ließen sie in ihrem Tempo nicht nach und bogen bereits knapp zehn Minuten später in ihre Wohnsiedlung ein. Noch zwei Querstraßen bis zum Marillenweg und dann tauchte auch schon die vierstöckige Wohnanlage aus den Siebzigerjahren vor ihnen auf.

»Da schau mal einer an!«, stieß Lucie hervor. »Sie parkt genau vor unserer Haustür.«

Wenn sie weiß, wo wir wohnen, dann kennt sie vielleicht sogar Mama, durchzuckte es Lea. Oder hat sie zumindest schon mal gesehen. Umso fieser, wenn sie es dennoch fertigbrachte, sich Papa an den Hals zu schmeißen!

Langsam näherten sich die Schwestern dem Minicooper. Kaum hatten sie ihre Räder gestoppt, schwang die Fahrertür auch schon auf, und Johanna Knippke stieg aus.

»Da seid ihr ja endlich!«, sagte sie, umrundete ihren Wagen und öffnete die Beifahrertür.

»Wir sind so schnell gefahren, wie wir konnten«, japste Lucie.

Auch Lea war ziemlich aus der Puste.

»Tja, und ich so langsam wie es gerade noch zu verantworten war«, entgegnete Johanna Knippke. »Schließlich kann man auch belangt werden, wenn man ein Verkehrshindernis darstellt.«

Lucie fand, dass sie ein klein wenig schnippisch klang, aber vielleicht bildete sie sich das auch bloß ein.

Die Referendarin ließ ihren Blick über die Hausfront aus rot-braun gesprenkelten Backsteinen gleiten. »In welcher Etage wohnt ihr denn nun?«, erkundigte sie sich.

Aha, dachte Lea. DAS weiß sie also nicht!

»Wieso interessiert Sie das?«, fragte Lucie.

Johanna Knippke runzelte die Stirn.

»Wie bitte?«

»Wieso es Sie interessiert, auf welcher Etage wir wohnen, habe ich gefragt«, wiederholte Lucie.

»Wie kommst du denn darauf?«, gab die Referendarin kopfschüttelnd zurück.

Die Schwestern tauschten einen vielsagenden Blick

Alles klar! Johanna Knippke schaltete nun also plötzlich auf ahnungslos. Das sollte mal einer verstehen!

»Bei welchem Konditor habt ihr die Torte eigentlich bestellt?«, fragte sie jetzt, nachdem sie sich über den Beifahrersitz gebeugt und die weiße Schachtel aus dem Wagen gehoben hatte.

»Bei gar keinem«, erwiderte Lea. »Mein Opa hat die Torte gebacken. Der kann das nämlich richtig gut.«

»Ach … und ich dachte schon«, sagte Johanna Knippke mehr zu sich selbst. Sie nickte zum Haus hinüber. »Ich trage euch die Sachen noch rasch zur Tür.«

»Vielen Dank, aber …«

… das ist wirklich nicht nötig, wollte Lea eigentlich sagen, doch da war die Referendarin bereits losgelaufen.

Während Lucie sofort auf ihr Rad stieg und Johanna Knippke hinterherbrauste, schnappte Lea sich noch flugs den Blumenstraß aus dem Auto.

Dabei fiel ihr Blick auf ein rosafarbenes Faltblatt, auf dem in hübschen leuchtend pinkfarbenen Schnörkelbuchstaben

Individuelle Kuchenkreationen
frei Haus

stand.

Darunter war mit schwungvollem gelbem Strich eine Torte skizziert.

Ob Johanna Knippke sie wohl deswegen gefragt hatte, bei welchem Konditor sie die Torte für die Butterkekse gekauft hatten?, überlegte Lea. Zu gerne hätte sie sich das Faltblatt noch etwas genauer angesehen, aber ihre Schwester winkte sie bereits ungeduldig zum Haus herüber.

Also warf Lea die Autotür zu, klemmte sich den Blumenstrauß unter den Arm und schob ihren Drahtesel auf den Eisenständer zu, in dem auch Lucie ihr Rad inzwischen abgestellt hatte.

Johanna Knippke stand im Hauseingang und betrachtete die acht übereinander angebrachten Klingelschilder, ***von Leipnitz*** stand auf dem dritten von unten.

»Dann wohnt ihr also in der zweiten Etage«, schlussfolgerte die Referendarin und reckte ihren Kopf zu den Fenstern hinauf. »Und auf welcher Seite?«

»Sie sind aber ganz schön neugierig«, stellte Lucie fest.

»Das finde ich auch«, pflichtete Lea ihr bei.

»Was heißt denn hier neugierig?«, erwiderte Johanna Knippke empört. »Ich interessiere mich eben für meine Schüler und deren Umfeld.«

Jawollo!, wäre Lucie beinahe herausgeplatzt. Und in diesem Fall hat das Umfeld sogar einen Namen, nämlich Gerald von Leipnitz! Doch sie hielt geflissentlich die Klappe, und zwar nicht nur, weil ihre Schwester ihr einmal mehr den Ellenbogen in die Seite drückte.

»Auf jeden Fall war es sehr nett, dass Sie uns geholfen haben«, sagte Lea.

»Aber das war doch keine große Sache«, flötete die Referendarin. »Ich habe es wirklich gern getan.«

Mit diesen Worten streckte sie ihre Hand aus und drückte auf die Klingel.

»Das war jetzt allerdings nicht so toll«, knurrte Lucie.

Johanna Knippke kräuselte die Lippen.

»Darf ich fragen, warum?«

»Nein«, brummte Lucie. »Da müssen Sie schon selber drauf kommen.«

»Na … also …!«

Mehr brachte Johanna Knippke nicht heraus, weil sie zu sehr mit Nach-Luft-Schnappen beschäftigt war.

Unterdessen fingerte Lea ihren Schlüssel aus ihrem Rucksack hervor, öffnete die Tür und schlüpfte in den Hausflur.

»Vielen Dank noch mal«, sagte Lucie hastig, nahm der Referendarin die Tortenschachtel aus den Händen und huschte ihrer Schwester blitzschnell hinterher.

Lea fackelte nicht lange und gab der Haustür einen kräftigen Schubs, sodass sie zuschnappte, bevor die Referendarin reagieren konnte.

Die Zwillingsschwestern vernahmen nur noch ein unterdrücktes Fluchen und klackernde Schritte, die sich langsam entfernten.

»Heute Morgen im Matheunterricht fand ich sie ja eigentlich noch ganz okay«, meinte Lea. »Mal abgesehen von den vielen Ohrstöpseln in ihrer Tasche, das war irgendwie komisch.«

»Ich kann mir jedenfalls nicht vorstellen, dass Papa sich in sie verguckt hat«, gab Lucie zurück.

Ihre Schwester nickte. »Ich glaube mittlerweile auch, dass JayKay mehr hinter ihm her ist, als umgekehrt. Das hoffe ich zumindest.«

Lucie zog eine Schnute und deutete auf die Rillen, die sich dabei um ihre Lippen bildeten.

»Hast du gesehen, wie viel Schminke sie sich ins Gesicht geklatscht hat?«, nuschelte sie. »Die braunen Krümel klebten bei ihr in jeder Ritze.«

»Stimmt.« Lea kicherte leise. »Von Nahem sah sie eigentlich längst nicht mehr so hübsch aus.«

Lucie zog eine Grimasse.

»Ich möchte nicht wissen, was von ihrer Schönheit überhaupt noch übrig bleibt, wenn sie sich abends vor dem Zubettgehen die ganze Spachtelmasse abklopft«, erwiderte sie und kicherte ebenfalls. »Hundertpro braucht sie Hammer und Meißel dafür.«

Im Stockwerk über ihnen wurde eine Wohnungstür geöffnet. Kurz darauf tauchte das Gesicht ihrer Mutter über dem Treppengeländer auf.

»Lea und Lucie?«, fragte sie. »Seid ihr das?«

»Ja, Mama!«

Während Lea hastig den Blumenstrauß hinter ihrem Rücken verbarg, balancierte Lucie die Tortenschachtel auf einer Hand und winkte Rosanna von Leipnitz mit der anderen zu.

»Erkennst du uns von da oben etwa nicht?«, scherzte sie.

»Tut mir leid«, witzelte ihre Mutter zurück. »Ich habe leider mein Fernglas in der Küche vergessen. Was schleppst du da eigentlich mit dir rum?«, fragte sie dann. »Das Monstrum hast du doch hoffentlich nicht auf dem Fahrrad transportiert!«

»Keine Sorge!«, antwortete Lucie. »Das Monstrum ist doch bloß ein Luftballon.«

»Jetzt binde mir mal keinen Bären auf«, erwiderte Rosanna von Leipnitz lachend. »Viereckige Luftballons! Wo gibt es denn so etwas?«

»Ach!« Lucie tat verwundert. »Dass die Scha… äh, der Ballon nicht ganz rund ist, kannst du also ohne dein Fernglas erkennen?«, gab sie feixend zurück.

»Vielleicht kommt ihr einfach mal herauf«, schlug ihre Mutter vor. »Dann müssen wir nicht weiter das ganze Treppenhaus unterhalten.«

»Das geht leider nicht«, erwiderte Lea. »Diese eckigen Ballons sind eine brandneue Erfindung. Die darf man auf keinen Fall mit in die Wohnung nehmen.«

»Oh!« Rosanna von Leipnitz neigte sich noch ein wenig weiter über das Geländer. »Und wo wollt ihr dieses gefährliche Ding stattdessen unterbringen?«

»Am besten im Keller«, meinte Lucie. »Dort richtet es nicht allzu viel Schaden an, wenn es explodiert.«

»Tja, also dann bringt es doch in den Waschraum«, entgegnete ihre Mutter ganz besonders laut. »Dort hängen nämlich seit zwei Wochen schon wieder diese Handtücher, die niemandem gehören!«

»Wird gemacht, Mama!«, riefen die Schwestern im Duett und flitzten lachend die Treppe in den Keller hinunter.

Lea riss die Stahltür, die eigentlich immer abgeschlossen sein sollte – es aber nie war –, schwungvoll auf. Sie drückte auf den Lichtschalter und ließ Lucie den Vortritt.

»Meinst du, die Mäcker hat mitbekommen, was Mama gerufen hat?«, überlegte sie.

Lucie grinste breit. »Wenn sie zu Hause war, auf jeden Fall.«

Die Schwestern bogen in den schwach beleuchteten Gang ein und steuerten auf den großen Raum zu, in dem sich die privaten Parzellen befanden.

»Mama kann echt so witzig sein«, sagte Lea, nachdem sie das Vorhängeschloss geöffnet und Lucie die weiße Schachtel auf Gerald von Leipnitz' Werkbank abgestellt hatte. »Eigentlich hätten wir die Torte auch gleich mit in die Wohnung nehmen können.« Sie sah ihre Schwester fragend an. »Oder findest du nicht?«

»Stimmt«, murmelte Lucie. »Mama rechnet eh nicht damit, dass wir ihr und Papa was zum Hochzeitstag schenken. Schließlich haben wir das noch nie gemacht.«

»Und selbst wenn sie etwas ahnt«, meinte Lea. »Sie weiß ja nicht, was drin ist. Oder denkst du, dass sie neuerdings durch Pappkarton gucken kann.«

Lucie blähte die Backen.

»Eigentlich muss man bei Müttern auf alles gefasst sein … Aber ich würde sagen, das Risiko gehen wir ein«, beschloss sie und griff nach der Schachtel.

Lea tippte sich an die Stirn.

»Bestimmt hält Mama uns für total bescheuert, wenn wir gleich mit unserem hochexplosiven Quadratluftballon vor der Wohnungstür stehen.«

»Also, erstens stehen wir nicht vor der Wohnungstür«, gab Lucie zurück, »sondern schleichen uns blitzartig in eins unserer Zimmer. Und zweitens können wir ihr für den Fall, dass sie uns doch ertappen sollte, noch mal einen vom Pferd erzählen.«

Lea grinste und stieß ein leises Wiehern aus.

»Na, dann lass dir am besten schon mal was einfallen«, meinte sie, während sie hinter ihrer Schwester die Kellerparzelle verließ und die Gittertür wieder verriegelte.

Die Beleuchtung war inzwischen ausgegangen. Lea und Lucie hatten sich aber schon ein wenig an das Zwielicht gewöhnt und machten sich nun einen Spaß daraus, leise kichernd den dämmrigen Gang entlangzuhuschen. Einen dunklen Keller zu verlassen, war nämlich weitaus weniger gruselig, als ihn zu betreten. Es prickelte nur ein klein wenig im Rücken, aber das fanden die Schwestern eher aufregend als beängstigend. Außerdem waren sie ja zu zweit.

Dennoch atmete Lea hörbar auf, als sie die Stahltür erreichten. Sie tastete nach der Klinke, drückte sie herunter, ließ die Tür vor Schreck aber sofort wieder zufallen.

»Was ist los?«, wisperte Lucie.

»Dreimal darfst du raten«, erwiderte Lea und fing an zu lachen.

»Jetzt sag schon«, brummte Lucie, die gerade überhaupt keine Lust auf Rätselraten hatte.

Im selben Augenblick schwang die Tür auf und Frau Mäcker rannte mit einer quietschgrünen Wäschewanne in sie hinein.

»Aaarghhh!«, stieß Lucie hervor.

Die Schachtel rutschte ihr aus den Händen, landete in der Wanne und platzte auseinander.

»Könnt ihr nicht aufpassen?«, polterte Frau Mäcker.

»Nee«, stöhnte Lucie und begutachtete erschrocken den fingerdicken Riss, der sich mitten durch die Torte zog. Die Welle aus Marzipan war ebenfalls zerbrochen. »Das haben unsere Eltern leider vergessen, uns beizubringen.«

»Wie bitte?« Mit jedem Wort schraubte Frau Mäckers Stimme sich eine Oktave höher. »Wie darf ich denn das bitte schön verstehen?«

»Entschuldigung«, sagte Lea.

»Sie hätten ja auch selber aufpassen können«, meinte Lucie, während sie sich vergeblich darum bemühte, den Trümmerhaufen aus Torte und Schachtel aus der Wanne zu heben.

»So weit kommt das noch«, erwiderte Frau Mäcker entrüstet.

»Sie hätten eben ihre Handtücher rechtzeitig abnehmen sollen«, gab Lea achselzuckend zurück.

»Welche Handtücher?«, fauchte die Nachbarin.

»Na, die Sie immer wochenlang im Waschraum hängen lassen«, antwortete Lucie. »Und jetzt geben Sie mir bitte mal die Wanne.«

»Aber das ist meine!«, wetterte Frau Mäcker und krallte ihre Finger mit aller Kraft in die Tragegriffe.

»Sie bekommen sie ja zurück«, wiegelte Lea ab. »Oder wollen Sie etwa die frisch gewaschenen Handtücher auf die Tortentrümmer werfen?«

»Welche Handtücher?«, fragte Frau Mäcker noch einmal.

»Okay«, sagte Lucie und atmete einmal tief durch, damit ihr nicht jeden Moment die Hutschnur riss. »Wenn Sie keine Handtücher abnehmen wollen, wozu brauchen Sie dann die Wanne?«

»Das geht dich gar nichts an«, entgegnete die Nachbarin spitz.

»Wir wollen doch nur die Torte nach oben bringen«, versuchte Lea sie zu beschwichtigen und tätschelte ihr sachte den Unterarm. »Danach können Sie Ihre Wanne sofort wiederhaben.«

Frau Mäcker zuckte zurück.

»Behalte gefälligst deine Finger bei dir!«, blaffte sie. »Und was eure Torte betrifft: Die ist ohnehin hinüber und deshalb befördere ich sie jetzt eigenhändig in den Müll.« Energisch drückte Frau Mäcker den Zwillingen ihre Wäschewanne in den Bauch und schob sie in den Kellergang zurück. »Worauf wartet ihr noch?«, knurrte sie. »Hopp-Hopp! Aus dem Weg mit euch!«

Lea schnappte nach Luft. Sie war bereits drauf und dran, sich über das rüde Verhalten ihrer Nachbarin zu beschweren, klappte ihren Mund jedoch gleich wieder zu, als sie sah, dass ihre Schwester ohne Protest zur Seite trat.

»Na also, geht doch«, brummte Frau Mäcker und zwängte sich mit der Wanne an den Mädchen vorbei.

Lea sah ihre Schwester stirnrunzelnd an.

»Das können wir uns doch nicht bieten lassen«, formte sie lautlos mit den Lippen.

Tun wir auch nicht, dachte Lucie bei sich und zwinkerte Lea zu. Mit dem nächsten Atemzug stieß sie einen Schrei aus.

»Iiiih! Sie haben da was!«

Frau Mäcker blieb wie angetackert stehen.

»Was denn? Was meinst du?«

»Die Spinne da oben … auf Ihrem Rücken … Sie ist riesig …«

»Wäääh!« Frau Mäcker ließ die Wäschewanne zu Boden fallen und wischte sich hektisch über die Schultern. »Ist sie weg? Ist sie weg?«, kreischte sie und schüttelte ihre Haare aus.

»Nein«, sagte Lucie mit ernster Miene. »Sie sitzt da wie festgeklebt.«

Mit schnellen Schritten huschte sie auf ihre Nachbarin zu, schnappte sich die Wanne und floh dann lachend zusammen mit Lea ins Treppenhaus.

Misslungene Überraschungen

Frau Mäckers Geschimpfe hatte die Zwillingsschwestern bis in die zweite Etage hinauf verfolgt. Und natürlich hatte sich auch Rosanna von Leipnitz über den Lärm im Treppenhaus, die ihr bis zu diesem Zeitpunkt unbekannte Wäschewanne und das blitzschnelle Abtauchen ihrer Töchter in Leas Zimmer gewundert.

»Verrraaat!«, krakeelte Papagei Punkt-um aus dem Wohnzimmer.

Er kletterte bis zur Käfigdecke hinauf, krallte sich mit seinem Schnabel an einer der Streben fest und machte auf *erhängter Pirat*, ein Kunststück, das Lucie ihm beigebracht hatte.

»Das befürchte ich allerdings auch«, murmelte Rosanna von Leipnitz, klopfte energisch gegen Leas Zimmertür und drückte anschließend sofort die Klinke herunter.

»Abgeschlossen!«, rief Lucie und sank neben ihrer Schwester und der Wäschewanne auf den orange-pink-gelb-gestreiften Flickenteppich.

»Das merke ich«, knurrte ihre Mutter. »Würdet ihr bitte mal aufmachen?«

»Geht gerade nicht«, antwortete Lea.

»Verrraaat!«, brüllte Punkt-um aus dem Wohnzimmer und flatterte wie wild mit den Flügeln. »Alleee Mann von Deeeck!«, schrie er, öffnete seinen Schnabel und ließ sich unter lautem Pistolenknallen auf den Käfigboden fallen. »Aaaanker lichten!«, krakeelte er dann und kletterte wieder zur Käfigdecke hinauf.

»Diese Wäschewanne …«, begann Rosanna von Leipnitz.

»Welche Wäschewanne?«, fragte Lucie, während sie und Lea die Kuchenschachtel auseinanderfalteten.

»Na, die, die ihr gerade in die Wohnung geschleppt habt«, erwiderte ihre Mutter ungeduldig. »Die habt ihr doch nicht etwa Frau Mäcker stibitzt?«

»Hä?«, machte Lucie. »Mama, kann es sein, dass mit deinen Augen etwas nicht in Ordnung ist?«

»Sei mal lieber nicht so frech«, raunte Lea. »Sonst wird sie noch sauer.«

Vorsichtig hob sie die gerissene Torte aus der Wanne und platzierte sie behutsam auf der Schachtel.

Lucie stöhnte. »Oh Mann, das kriegen wir doch nie wieder hin!«

»Lass mich nur machen«, erwiderte Lea. »Die Torte wird vielleicht nicht wieder ganz wie neu, aber …«

»Ich weiß nicht …«, sagte Lucie gedehnt.

Es erstaunte sie, dass ihre Schwester jetzt, da man von Opa Pistorix' wundervoller Hochzeitstorte so gut wie gar nichts mehr erkennen konnte, zuversichtlicher war als vorhin noch. Andererseits war es auch wieder typisch für Lea, die oftmals gerade dann zur Hochform auflief, wenn es eng wurde und kaum noch etwas zu retten war. Und trotzdem:

»Vielleicht sollten wir sie wirklich besser wegschmeißen.«

»Spinnst du!?« Lea zeigte ihrer Schwester einen Vogel, und

aus dem Wohnzimmer ertönte nun zum dritten Mal: »Verrraaat!« und »Aufknüpfen, den Halunken!«.

»Klappe!«, zischte Lucie in Richtung Tür. »Ich bin kein Halunke.«

»Selber schuld«, meinte Lea kichernd. »Wieso bringst du Punkt-um auch einen solchen Schwachsinn bei?«

»Das ist kein Schwachsinn, sondern für einen alten Piratenpapagei absolut standesgemäß«, verteidigte sich Lucie. »Außerdem ist es cool. Sagt zumindest Rabatze.«

»Aha. Soso.« Lea konnte sich ein Grinsen nicht verkneifen. »Tja, wenn er das sagt, muss es ja stimmen.«

Rabatze, der eigentlich Rayhan hieß, besuchte die achte Klasse ihres Gymnasiums und war stellvertretender Mittelstufensprecher. Lucie traf sich hin und wieder mit ihm zum Slacklinen. Außerdem spielten die beiden im selben Eishockeyverein.

Lucie streckte ihrer Schwester die Zunge heraus, und Lea konterte sofort mit einer langen Nase.

»Gib doch endlich zu, dass du in ihn verknallt bist«, neckte sie.

»Bin ich überhaupt nicht«, widersprach Lucie heftig.

»Und wieso leuchtest du dann wie eine vollreife Tomate?«

»Tu ich doch gar nicht.«

»Na, dann ist jetzt wohl ein Beweis fällig«, meinte Lea.

Sie sprang auf, angelte den kleinen ovalen Spiegel, der über ihrem Nachtschränkchen hing, von der Wand und hielt ihn ihrer Schwester vor die Nase.

»Ich seh nix«, brummte Lucie.

»Dafür seh ich rot, wenn ich dich angucke«, erwiderte Lea.

»Mir ist eben heiß«, stöhnte Lucie.

»Klar. Wegen Rabatze.«

»Nee, weil du die Heizung immer so doll aufdrehst.«

»Quatsch«, sagte Lea. »Die Heizung hat ein Thermostat und regelt sich selber. Das weißt du genauso gut wie ich.«

»Hallo?«, ertönte es hinter der Zimmertür. »Würdet ihr mir bitte endlich mal eine zufriedenstellende Antwort geben?«

Lucie verdrehte die Augen. Ihre Mutter stand also immer noch dort.

»Hast du etwa gelauscht?«, rief sie.

»Natürlich nicht«, wies Rosanna von Leipnitz den Vorwurf empört von sich. »Wenn ihr allerdings vorhabt, Frau Mäckers Wäschewanne wegzuschmeißen, dann …«

Lucie musterte ihre Schwester finster. »Von wegen, Mama hat nicht gelauscht!«, brummte sie.

»Wir haben uns die Wanne nur ausgeliehen«, rief Lea. »Frau Mäcker bekommt sie gleich zurück.«

Sie hatte es noch nicht ganz ausgesprochen, da klingelte es Sturm.

»Fauch!«, zischte Lucie. »Wetten, das ist sie?«

»Denke ich auch«, murmelte Lea. Sie packte die Wäschewanne und hechtete zur Zimmertür. »Ich komme schon!« Brüllend drehte sie den Schlüssel um und stürmte in den Flur hinaus.

Ihre Mutter war bereits auf dem Weg zur Wohnungstür.

»Warte, Mama!«

»Worauf?«, fragte Rosanna von Leipnitz spitz. »Dass Frau Mäcker mit einem Rollkommando der Polizei hier aufkreuzt?«

»Das macht sie bestimmt nicht«, wiegelte Lea ab.

»Abgesehen davon hat die Polizei garantiert Wichtigeres zu tun, als sich um den Diebstahl von Wäschewannen zu kümmern«, setzte Lucie hinzu, die mittlerweile ebenfalls aus Leas Zimmer gekommen war und die Tür hinter sich geschlossen hatte.

Rosanna von Leipnitz stoppte mitten im Flur und drehte sich zu ihren Töchtern um.

»Wofür habt ihr das Ding überhaupt gebraucht?«, wollte sie wissen.

»Och …«, meinte Lea und kratzte sich am Kopf.

»Um den Quadratballon heraufzutransportieren natürlich«, sagte Lucie. »Nachdem Frau Mäcker im Keller aufgetaucht war, konnten wir ihn unmöglich dort unten lassen. Sie dachte doch tatsächlich, wir wollten ihre Handtücher in die Luft sprengen.«

»Ist nicht wahr!«, erwiderte ihre Mutter und unterdrückte mühsam ein Schmunzeln.

»Verrraaat!«, brüllte Punkt-um und ließ sich unter wildem Geflatter auf den Käfigboden fallen. »Alleee Mann von Booord!«

Nur eine Sekunde später schrillte die Klingel von Neuem los.

»Jetzt reicht es mir aber«, brummte Rosanna von Leipnitz. Sie nahm Lea die Wäschewanne ab und öffnete die Wohnungstür.

»Hier, bitte schön, haben Sie Ihr gutes Stück zurück«, sagte sie zu Frau Mäcker, die mit hochrotem Gesicht auf der Fußmatte stand und jeden Augenblick zu explodieren drohte.

»Ich hoffe, die beiden Schmierfinken haben sie auch gründlich ausgewischt.« Die Nachbarin riss Rosanna von Leipnitz die Wanne aus der Hand. »Ha, wusste ich es doch!«, keifte sie und deutete auf einen einsamen sonnengelben Krümel.

»Schmiiieeerfinken!«, krakeelte Punkt-um aus dem Wohnzimmer. »Rrrüüübe ab!«

Erschrocken sah Frau Mäcker Leas und Lucies Mutter an. »Finden Sie das nicht ein wenig übertrieben?«

»Nein, eigentlich nicht«, erwiderte Rosanna von Leipnitz mit bemüht ernster Miene. »Ähm … was ist denn das eigentlich für ein widerlicher Krümel, wenn ich fragen darf?«

»Er stammt von einem Kuchen, den Ihre Töchter in meine Wäschewanne geworfen haben«, erklärte Frau Mäcker. »Wenn Sie ihn bitte noch entfernen könnten, wäre ich bereit, diese unerfreuliche Angelegenheit auf sich beruhen zu lassen.«

»Ja, natürlich. Das ist wirklich sehr großzügig von Ihnen.« Rosanna von Leipnitz nahm die Wanne entgegen, drehte sie um und klopfte ein paar Mal kräftig von außen gegen den Boden. »Sehen Sie!«, stieß sie aus und wies auf die Spitze ihres Hausschuhs. »Da liegt er jetzt, der gemeine kleine Kerl.«

Frau Mäcker grummelte etwas Unverständliches, riss die Wäschewanne wieder an sich und stapfte die Treppe zu ihrer Wohnung hinauf.

»Wollten Sie nicht endlich Ihre Handtücher abhängen?«, rief Rosanna von Leipnitz hinter ihr her. »Nicht dass den armen hilflosen Kreaturen dort unten im dunklen Keller auch noch etwas zustößt!«

Frau Mäcker hielt für einen Moment in ihrer Bewegung inne. Schließlich drehte sie sich um, warf Leas und Lucies

Mutter einen finsteren Blick zu und hastete dann an ihr vorbei ins Erdgeschoss hinunter.

Rosanna von Leipnitz schloss die Wohnungstür, tippte den Tortenkrümel mit der Fingerkuppe von ihrem Hausschuh und wandte sich zu ihren Töchtern um.

»So, so«, sagte sie mit ernster tiefer Stimme. »Ihr habt also einen Kuchen in Frau Mäckers Wäschewanne geworfen.«

»Logisch«, gab Lucie schulterzuckend zurück. »Das machen wir immer so. Ist nämlich unser neues Hobby.«

»Haaandtücheeer!«, schrie Punkt-um. »Aaaallleee aufhängen!«

»Dieser Papagei ist unmöglich«, sagte Rosanna von Leipnitz.

»Wieso?«, entgegnete Lucie augenzwinkernd. »Er hat doch recht.«

»Falsch«, widersprach Lea. »Es muss *abhängen* heißen.«

Rosanna von Leipnitz musterte ihre Töchter kopfschüttelnd.

»Also, ich muss schon sagen, besonders gut erzogen habe ich euch wirklich nicht«, sagte sie streng, stemmte die Hände auf ihre Hüften, legte den Kopf in den Nacken und lachte lauthals los.

Verdutzt sahen Lea und Lucie ihre Mutter an. Dann stimmten sie in ihr Gelächter ein.

»So, und jetzt wüsste ich gerne, was für eine Torte ihr in Frau Mäckers Wäschewanne geworfen habt«, sagte Rosanna von Leipnitz, als alle drei sich wieder eingekriegt hatten.

»Also«, begann Lucie. »Erstens haben wir die Torte nicht in die Wanne geschmissen, sondern Frau Mäcker ist mit diesem blöden Ding in uns hineingerannt, und dabei ist dann der hochexplosive Luftballon …«

»Die Torte!«, korrigierte ihre Mutter sie.

»Ja, meinetwegen«, brummte Lucie. »Und der Rest sollte eigentlich eine Überraschung für dich und Papa sein«, fügte sie ein wenig kleinlaut hinzu.

Lea schoss einen gut gewürzten Blick auf ihre Schwester ab. »Jetzt verrate doch nicht gleich alles«, schimpfte sie.

»Ach, ist doch sowieso egal«, erwiderte Lucie. »Die Torte ist ein einziges Trümmerfeld.«

»Überhaupt nicht!«, wetterte Lea. »Ich hätte sie schon wieder hingekriegt.«

»Geht es vielleicht ein klein wenig präziser?«, fragte Rosanna von Leipnitz, während sie von einer Tochter zur anderen sah.

»Eigentlich ist das eine Sache zwischen uns«, erklärte Lea, nachdem sie im Flur auf und ab gewandert war und sich dabei kräftig die Haare gerauft hatte. »Aber da Lucie ja sowieso schon fast alles ausgeplaudert hat, können wir es dir auch gleich komplett erzählen.«

»Genau! Die Torte hat Opa Pistorix für euch zum Hochzeitstag gebacken, und von Oma Billie kriegt ihr auch noch einen Blumenstrauß«, kam Lucie ihrer Schwester zuvor.

»Gut«, fauchte Lea. »Dann kannst du Mama ja auch gleich alles übergeben.«

Mit diesen Worten machte sie auf dem Absatz kehrt und stapfte in ihr Zimmer.

»Verrraaat!«, krakeelte Punkt-um. »Alle Mann auf die Trümmertooorte!«

Abends um halb zehn lagen Lucie und Lea jede in ihrem Bett. Sie starrten an die Decke, wälzten ihre Gedanken von einer Gehirnwindung in die andere und bekamen kein Auge zu.

Ihre Zimmer befanden sich direkt nebeneinander. Sie waren nahezu gleich groß, jedoch komplett verschieden eingerichtet. Lea liebte es klar und aufgeräumt. Ihre Möbel waren alle aus dem gleichen blau gebeizten Holz. Die leuchtend bunten Farben des Flickenteppichs fanden sich in den geblümten Vorhängen und den Zierkissen wieder.

An der Wand über ihrem Bett hingen Poster ihrer Lieblingshunderassen Labrador Retriever, Border Collie und Beagle. Daneben hatte sie ein paar Fotos von den letzten Städtemeisterschaften im Rollkunstlauf gepinnt. Bei Lea hatten alle Dinge ihren Platz, während die von Lucie nie so genau zu wissen schienen, wo sie hingehörten.

Kissen, Bücher, Zeitschriften, CDs und Krimskrams tummelten sich überall. Und ganz ähnlich verhielt es sich auch mit ihren Möbeln. Schreibtisch, Regal, der gemütliche knallgrüne Plüschsessel und die Kommode tauschten mindestens einmal im Monat ihre Plätze. Nur der Kleiderschrank und das Bett blieben stets an Ort und Stelle. – Der Schrank, weil er zu schwer war, um ihn alleine von einer in die andere Ecke zu schieben, und Lucies Bett, weil das von Lea genau gegenüber auf der anderen Seite der Zimmerwand stand. Nicht selten »unterhielten« die Schwestern sich nach dem Zubettgehen noch mithilfe von Klopfzeichen, wofür sie extra das Morsealphabet auswendig gelernt hatten.

Doch heute blieb alles ruhig. Lea war noch immer sauer, dass Lucie die Sache mit der Tortenüberraschung kaputt gemacht hatte, während Lucie sich darüber ärgerte, dass Lea die Dinge jedes Mal unnötigerweise verkomplizieren musste.

»Tortentrümmer, Schwesterntrümmer …«, grummelte Lucie.

Sie kreuzte die Arme vor ihrer Brust und brannte einen Wutblick in die Zimmerdecke.

Hatten sie im Moment nicht ganz andere Probleme?

Mama und Papa hatten sich nämlich kein Stück über Opa Pistorix' Kunstwerk gefreut. Okay, die Torte sah echt nicht mehr besonders gut aus, aber es war durchaus noch zu erkennen, welche Mühe ihr Großvater sich damit gegeben hatte. Ein winzig kleiner Lobeskommentar wäre hier durchaus angebracht gewesen, fand Lucie, und sie war sich sicher, dass Lea es genauso sah.

Oma Billies Blumen hatte ihre Mutter zwar ins Wasser gestellt, allerdings nicht gerade in ihre schönste Vase. Außerdem stand der Strauß statt auf dem Sideboard im Wohnzimmer noch immer auf der Arbeitsplatte in der Küche.

Das Oberbesorgniserregendste aber war, dass nicht nur zwischen Lea und ihr, sondern auch zwischen Mama und Papa dicke Luft herrschte. Zwar hatten sie sich am frühen Abend bereits in Schale geschmissen und – so wie an jedem ihrer Hochzeitstage – zusammen die Wohnung verlassen, um ins Theater oder ins Kino oder zum Tanzen zu gehen. Allerdings waren sie sehr einsilbig miteinander umgegangen, hatten sich kaum angesehen und auch mit ihren Töchtern nicht mehr besonders viele Worte gewechselt.

»Ehetrümmer!«

Gruuuaaar! Mit einem Ruck saß Lucie kerzengerade im Bett.

Eheglück stellte sie sich jedenfalls anders vor. Und wenn ihr Gedankenkarussell nicht baldmöglichst zum Stillstand kam, würde sie noch durchdrehen.

»Lo-la-liebste Lea, das kannst du mir nicht antun«, knurrte Lucie. Langsam streckte sie ihre Hand aus, zögerte kurz und klopfte dann mit ihren Fingerknöcheln ein energisches dreimal-kurz-dreimal-lang-dreimal-kurz-SOS gegen die Wand.

Lucie hielt den Atem an und lauschte. Doch nix. Ihre Schwester antwortete nicht.

»Grrruaaarrr!«

Mit einem Satz war Lucie aus dem Bett und mit fünf weiteren an der Zimmertür. Sie drückte ihre Stirn dagegen und ballte die Fäuste. Verdammt, verdammt, verdammt! Eigentlich wäre es an Lea gewesen, zu ihr herüberzukommen und zerknirscht um Gnade zu flehen – die Lucie ihr natürlich fast sofort gewährt hätte. Dass sie stattdessen jetzt dazu gezwungen war, ihrerseits zu Kreuze zu kriechen, obwohl sie nun echt nichts Schlimmes verbrochen hatte (na ja, nichts wirklich Schlimmes), kratzte gewaltig an Lucies Krone.

Und während ihre Stirn weiter einen Kampf mit der Tür ausfocht, hockte Lea im Schneidersitz in ihrem Bett und schrieb in ihre geheime Problemlösungs-Listenkladde.

Mai/Juni

Problem	Lösung
Hat Papa was mit J.K.?	Beweise beschaffen !!!
Opa Pistorix vermisst Oma Billie	??? Abwarten?
Lucie macht ständig, was <u>sie</u> will	sie links liegen lassen (mindestens 3 Tage !!!)
dicke Butterkeks-Luft	abwarten, dann darüber nachdenken, was zu tun ist

Lea las sich alles noch einmal durch, dann schloss sie leise seufzend die Kladde. Bei genauerer Betrachtung gab es zurzeit kein wirkliches Problem. Zumindest keines, das man greifen oder auf die Schnelle lösen konnte.

Die Sache zwischen Opa Pistorix und Oma Billie war bedauerlich, aber nicht zu ändern. Lea glaubte jedenfalls nicht daran, dass ihre Großeltern je wieder zusammenkamen. Und wenn sie ehrlich war, fand sie das nicht einmal besonders schlimm. Oma Billie interessierte sich nur für oberflächliche Dinge wie Kleider, Möbel, Autos, Schmuck und Geld, und sie redete auch über nichts anderes.

Tja, und was Lucie betraf, nahm Lea sich fast jeden Monat

aufs Neue vor, sie einfach mal für eine Weile zu ignorieren. Bisher hatte sie das jedoch nie länger als ein paar Stunden durchgehalten. Vermutlich würde das auch jetzt wieder so sein.

»Auf keinen Fall mache ich den ersten Schritt«, erklärte Lea der Wand neben ihrem Bett. Sie zog die Schublade ihres Nachtschränkchens auf und ließ die Kladde und den Kuli unter den Zeitschriften verschwinden, die sie ebenfalls dort aufbewahrte. »Und wenn du die ganze Nacht hindurch SOS-Zeichen klopfst«, setzte sie entschlossen hinzu, ließ sich aufs Kopfkissen sinken und knipste ihre Nachttischlampe aus.

Nur einen Lidschlag später schwang ihre Zimmertür auf. Es vergingen drei Sekunden (tapp-tapp-tapp) und Lucie schlüpfte zu ihr unter die Bettdecke.

»Wieso antwortest du nicht?«, zischte sie.

Lea drehte sich der Wand zu und schwieg.

»Wir müssen etwas unternehmen«, sagte Lucie.

Eigentlich war Lea der gleichen Meinung. Sie wusste nur nicht, was. Außerdem sollte ihre Schwester sich, bitte schön, erst mal entschuldigen.

»Wir können doch nicht einfach abwarten, bis die Butterkekse sich endgültig zerstritten haben«, fuhr Lucie fort. »Am liebsten würde ich der Knippke eins vor die Birne hauen …« Gespannt musterte sie Leas Hinterkopf. »Oder ihr die Finger an ihrer Tasche festtackern, damit sie sie nicht mehr nach Papa ausstrecken kann«, fügte sie provozierend hinzu. »Am besten wäre es aber wohl, wenn wir sie vergiften«, schloss sie, als ihre Schwester überhaupt nicht reagierte.

Jetzt drehte Lea sich abrupt zu ihr um.

»Bist du irre?«, stieß sie hervor.

»Na endlich!«, stöhnte Lucie. »Ich dachte schon, du wärst gestorben.«

»Nee, ich bin bloß immer noch sauer«, brummte Lea, und das Weiß in ihren Augen funkelte in der Dunkelheit.

»Das ist jetzt aber echt nicht mein Problem«, erwiderte Lucie.

»Warum funkst du mir immer dazwischen?«, jaulte Lea. »Ich wollte die Torte doch kitten«, bekräftigte sie.

»Das kannst du auch morgen noch«, gab Lucie zurück.

»Ts!« Lea zog ihrer Schwester die Decke weg und raffte sie unter ihrem Kinn zusammen. »Morgen ist aber kein Hochzeitstag mehr.«

»Dann machen wir daraus eben keine Hochzeits-, sondern eine Versöhnungstorte«, sagte Lucie.

Lea schluckte und sie spürte, wie ein paar dusselige Tränen in ihre Augen steigen wollten.

»Aber wir wissen doch gar nicht, ob Mama und Papa sich wirklich gestritten haben«, krächzte sie. »Oder hast du etwa irgendwas gehört?«

»Nee.« Lucie schüttelte den Kopf. »Ich glaube, sie haben gar nicht miteinander geredet … Wird bestimmt ein toller Abend.«

»Mhm«, machte Lea, und jetzt kullerte tatsächlich eine Träne aus ihrem Augenwinkel, tauchte hinter ihrem Ohr ab und tropfte aufs Kopfkissen.

»Es tut mir leid«, flüsterte Lucie.

Eigentlich wollte sie das nicht unbedingt sagen, es schlüpfte ihr mehr so aus dem Mund.

Lea nickte. »Mir auch.«

Hä? Lucie runzelte die Stirn. »Wieso dir? Du hast doch gar nix falsch gemacht.«

Lea starrte ihre Schwester an, und mit einem Mal öffneten sich bei ihr sämtliche Schleusentore. Wie Perlen, die man auf eine unsichtbare Schnur gefädelt hatte, kullerten ihr die Tränen aus den Augen.

»Du-hu bist so süß«, schluchzte sie.

»Quatsch«, brummte Lucie. »Ich hab mich bloß entschuldigt. Das ist eine ganz normale Sache.«

»Stimmt«, presste Lea schniefend hervor. »Trotzdem finde ich es total süß von dir.«

Eine Entschuldigung von ihrer Schwester zu bekommen, war nämlich alles andere als normal, sondern so etwas Ähnliches wie ein Sechser im Lotto.

»Okay, aber deshalb musst du ja nicht gleich heulen«, gab Lucie betreten zurück.

Diese ganze Gefühlsduselei war ihr nicht geheuer. Insbesondere, wenn sie mit ihr zu tun hatte.

»Tu ich ja nicht«, erwiderte Lea. »Ich heule wegen Mama und Papa. Weil ich Angst habe, dass …«

Den Rest des Satzes schluckte sie hinunter. Sie wollte das Schreckliche nicht aussprechen. Womöglich bewahrheitete es sich noch, bloß weil sie laut darüber geredet hatte!

Lucie schluckte. Sie streckte ihre Finger aus und strich ihrer Schwester flüchtig über die Wange, zog ihre Hand dann aber gleich wieder zurück.

»Mach dir mal keine Sorgen«, wisperte sie. »Die Butterkekse brauchen nur ein bisschen Klebstoff.«

»Wie meinst du denn das schon wieder?«, krächzte Lea.

»Na, so wie bei der *Prinzenrolle.*«

»Hä?«

»Da werden doch auch immer zwei Kekse mit Schokolade zusammengehalten.«

»Ach sooo!« Lea musste grinsen. »Du kommst vielleicht auf Ideen«, sagte sie und stupste Lucie zärtlich an.

Der Vergleich mit den Schokokeksen war ziemlich cool. Fragte sich nur, woraus in ihrem speziellen Fall der Klebstoff bestand.

»Das überlegen wir uns noch«, meinte Lucie, so als hätte sie die Gedanken ihrer Schwester erraten. »Und zwar jede für sich. Okay?«

Lea nickte. »Okay, aber …«

»Ich verspreche hoch und heilig, dass ich nicht einfach etwas mache, das wir nicht zuvor gemeinsam besprochen und beschlossen haben«, fiel Lucie ihr ins Wort und hob die Hand zum Schwur.

»Gut.« Lea grunzte zufrieden. Offenbar hatte Lucie tatsächlich was kapiert.

»Was ist denn hier los?«, bohrte Gerald von Leipnitz' Stimme sich in Lucies Ohren.

Sie schreckte aus dem Schlaf hoch, ließ sich dann aber sofort wieder auf die Matratze zurücksinken.

Ihr Vater hatte sich mitten im Zimmer aufgebaut und sah seine Tochter kopfschüttelnd an.

»Mann, Papa!«, stöhnte Lucie. »Du hast mich aber erschreckt!«

»Wieso schlaft ihr in einem Bett?«, wollte Gerald von Leipnitz wissen. »Habt ihr etwa Angst, wenn eure Mutter und ich abends nicht zu Hause sind?«

»Nein«, sagte Lucie empört. »Natürlich nicht.«

»Und warum …?«

Lucie ließ ihren Vater nicht ausreden.

»Wieso denn nicht?«, fuhr sie dazwischen. »Ist es neuerdings verboten?«

»Nein, aber …«

»Und wieso weckst du uns dann bitte schön mitten in der Nacht?«

»Es ist zehn nach sieben in der Früh«, erwiderte ihr Vater.

»Was?«, murmelte Lea.

Sie streckte die Arme über ihrem Kopf aus und gähnte herzhaft.

»Ja, und?«, blaffte Lucie. »Wochenende!«

»Mhm«, bestätigte Gerald von Leipnitz. »Es beginnt allerdings erst heute Mittag um fünf nach eins.«

»Oh nein!« Mit einem Satz war Lucie aus dem Bett. »Scheiße!«

»Hmm, Klopapier«, brummte ihr Vater. »Und seht bitte zu, dass ihr in die Gänge kommt. Ich habe euch etwas mitzuteilen.«

Jetzt war auch Lea hellwach.

Wenn Papa *etwas mitzuteilen* hatte, war das immer hochoffiziell und bedeutete selten etwas Gutes.

Zehn Minuten später saßen die Zwillingsschwestern am Frühstückstisch. Die Espressomaschine röhrte und dampfte, und der Toaster spuckte zwei schwarz geröstete Graubrothälften aus.

»Wo ist Mama?«, fragte Lea.

»Schon weg«, antwortete ihr Vater.

Er warf die verbrannten Brote in den Mülleimer und zerteilte eine neue Scheibe.

»Wie, schon weg?«, hakte Lucie nach.

Der kleine Blumenladen ihrer Mutter öffnete um zehn, und normalerweise ging sie nie vor halb neun aus dem Haus. Außer an Großmarkttagen, aber die waren montags und donnerstags und nicht freitags.

»Das kann sie euch nachher selber erzählen«, erwiderte Gerald von Leipnitz und drückte auf die Toastertaste. Die Brote verschwanden für drei Sekunden, dann sprangen sie wieder heraus.

Die Schwestern tauschten einen beklommenen Blick. Dass ihr Vater eine ausgesprochen miese Laune hatte, war nicht zu übersehen, und ob das mit ihrer Mutter zu tun hatte, wollten sie eigentlich lieber gar nicht wissen. Doch was nützte es, die Augen zu verschließen?

Lea fasste sich ein Herz.

»Hattet ihr einen schönen Abend?«, erkundigte sie sich so beiläufig wie möglich.

»Was?« Gerald von Leipnitz fuhr zu ihr herum. »Ja. Natürlich«, sagte er dann, legte die ungetoasteten Brothälften auf seinen Frühstücksteller und ließ sich seufzend auf seinen Stuhl sinken. »Und jetzt esst!«

»Hab keinen Hunger«, murmelte Lea.

»Dann trink wenigstens einen Kakao«, knurrte ihr Vater.

Da platzte Lucie der Kragen.

»Sag uns bitte erst mal, was du uns mitzuteilen hast!«, fauchte sie. »Ist irgendwas mit Mama?«

Gerald von Leipnitz nahm zwei Scheiben Salami aus der Wurstdose und knallte sie auf seine Brote.

»Ich habe auch keinen besonderen Appetit«, erklärte er. »Trotzdem muss man morgens etwas in den Magen bekommen. Sonst funktioniert man nicht richtig.«

»Aha«, sagte Lucie. Sie schaufelte sich vier Esslöffel Kakaopulver in ihr Glas, füllte es mit Milch auf und rührte um. »Ist es das, was du uns sagen wolltest?«

»Nein. Ja. Auch.« Ihr Vater schob sich eins der Brote in den Mund und biss ein großes Stück davon ab. »Ich finde, ihr hängt zu viel aufeinander«, erläuterte er kauend.

Lea verdrehte die Augen.

»Papa! Mit vollem Mund redet man doch nicht.«

»Wie bitte?« Irritiert sah Gerald von Leipnitz seine Tochter an. »Ach so«, meinte er dann und legte das Brot auf den Teller zurück. »Entschuldigung.«

Wieder wechselten die Schwestern einen Blick. Ihr Vater hatte nicht nur schlechte Laune, er war total von der Rolle.

»Also, wie gesagt«, hob er von Neuem an. »Ich habe mit Frau Bredwig gesprochen. Sie ist damit einverstanden, dass du und Miriam die Klasse tauscht.«

Lea und Lucie starrten ihren Vater an.

»Hast du nicht gesagt!«, erwiderte Lucie aufgebracht und Lea fragte: »Wer ist *du*?«

Anstatt ihr zu antworten, schoss Gerald von Leipnitz von seinem Stuhl hoch und steuerte auf die Espressomaschine zu. »Wieso hat dieses verdammte Ding einen Milchkaffee gekocht?«, fluchte er.

»Wahrscheinlich weil du den Milchkaffee-Knopf gedrückt hast«, entgegnete Lucie. »Und jetzt verrat uns bitte endlich, wer mit Miriam tauschen soll und warum.«

»Du«, sagte ihr Vater. »Miriam fühlt sich nicht mehr wohl in der a.«

Lucie setzte ihr Glas, aus dem sie gerade einen Schluck nehmen wollte, so energisch auf den Tisch zurück, dass ein großer Schwall Kakao überschwappte und sich über ihren Teller ergoss.

»Ach, und deshalb soll *ich* mit ihr tauschen?«

»Genau.« Gerald von Leipnitz nickte, nahm einen Lappen von der Spüle und schleuderte ihn in Lucies Richtung. Er verfehlte sie allerdings um einen halben Meter und landete in der Wurstdose.

»Super, Papa«, wisperte Lea und warf einen Blick auf die Uhr.

In spätestens fünf Minuten mussten sie los.

»Ich tausche nicht«, sagte Lucie.

»Doch. Tust du.« Gerald von Leipnitz fischte den Lappen aus der Dose und wischte den Kakao von Lucies Teller. »Zwillinge gehören nicht in dieselbe Klasse«, sagte er so, als wäre dies ein unumstößliches Gesetz. »Und sie schlafen auch nicht zusammen in einem Bett.«

»Aber wir gehen seit fast sechs Jahren in die gleiche Klasse«, argumentierte Lea.

Gerald von Leipnitz fixierte sie mit zusammengekniffenen Augen. »Und wozu hat das geführt?«, wollte er wissen.

Lea zuckte mit den Schultern.

»Zu Unkonzentriertheit und Leistungsabfall!«

»Aber …«, sagte Lucie.

Das stimmt doch überhaupt nicht, wollte sie protestieren, doch ihr Vater schnitt ihr das Wort ab.

»Eure Betten sind nur neunzig Zentimeter breit und mit Kissen vollgestopft«, setzte er hinzu. »Darin können zwei Kinder unmöglich einen erholsamen Schlaf finden. Ihr seid ja jetzt noch völlig übermüdet.«

Stimmt, dachte Lea und unterdrückte ein Gähnen.

Mit der Breite ihres Bettes hatte das allerdings gar nichts zu tun. Aber das konnte sie ihrem Vater jetzt unmöglich erklären. Aus irgendeinem Grund schien er heute für sachliche Argumente und nackte Tatsachen nämlich nicht empfänglich zu sein.

Alarmstufe rot

Gerald von Leipnitz bestand darauf, Lea und Lucie im Auto mit zur Schule zu nehmen, und wie die Zwillinge ihren Vater kannten, würde er sie nicht so, wie sie es sich eigentlich wünschten, hundert Meter vor dem Schulgelände aussteigen lassen, sondern direkt bis zum Parkplatz durchfahren.

»Papa, das ist voll peinlich«, erklärte Lucie ihm inzwischen schon zum x-ten Mal. »Kein Schwein wird in unserem Alter noch von seinen Eltern zur Schule kutschiert.«

Gerald von Leipnitz lächelte ihnen durch den Rückspiegel zu.

»Zum Glück seid ihr keine Schweine.«

»Ja, ja.« Lucie verzog das Gesicht zu einer Grimasse. »Außerdem bist du auch noch unser Lehrer.«

Das machte die Kutschiererei nämlich noch peinlicher!

»Deiner nicht mehr«, entgegnete Gerald von Leipnitz. »Ab heute wirst du von Frau Ohnewitz in Mathematik unterrichtet.«

Lucie grummelte leise in sich hinein. Wenn sie es sich recht überlegte, war DAS eigentlich gar nicht mal sooo schlecht. Wie man von seinen Mitschülern so hörte, konnte Frau Ohnewitz nicht nur super gut erklären – was gerade für Mathelehrer ja schon eine Besonderheit war –, sondern sollte angeblich auch extrem faire Noten verteilen. Und einen lustigen Namen hatte sie noch dazu!

Lea ließ sich eine Locke ins Gesicht fallen und musterte ihre Schwester insgeheim von der Seite.

Irgendwie fand sie es okay, dass Lucie die Klasse wechselte. Denn so konnte sie sich endlich ein bisschen mehr auf Alina konzentrieren. Lea war schon seit der fünften Klasse mit ihr befreundet und hätte zumindest in den kurzen Pausen gerne mal mit ihr alleine abgehangen. Aber Lucie funkte leider ständig dazwischen. Nicht mit böser Absicht natürlich. Für sie war es wohl eher selbstverständlich, dass Leas Freundinnen auch ihre Freundinnen waren. Außerdem hatte viele Jahre lang kein Blatt zwischen die Zwillingsschwestern gepasst, und es war ja auch nicht so, dass Lea ihre Schwester gar nicht dabeihaben wollte, bloß eben nicht immer. Eigentlich hätte sie längst mit ihr darüber reden müssen, doch bisher hatte ihr immer der Mut gefehlt.

Was, wenn Lucie es in den falschen Hals bekam und die beleidigte Leberwurst gab? Nee, nee, darauf hatte Lea nun echt keine Lust. Es war nun einmal nicht ihre Art, in solch komplizierten Dingen auf Konfrontationskurs zu gehen. Umso besser also, wenn die Sache sich jetzt mehr oder weniger von selbst regelte.

»Und was, wenn ich in der a nicht klarkomme?«, fragte Lucie.

»Das kann ich mir kaum vorstellen.«

Gerald von Leipnitz lächelte ihr noch einmal zu, dann stellte er das Radio an und summte das Lied von Rihanna mit, das gerade gespielt wurde.

»Sag du doch auch mal was«, forderte Lucie Lea auf, als der leise Pling-Ton ihres Handys den Eingang einer neuen WhatsApp-Nachricht ankündigte.

Wo warst du gestern? GvR

»Schei … benkleister!«, fluchte Lucie leise.

Rabatze! Mit ihm war sie am späten Nachmittag zum Slacklinen im Stadtpark verabredet gewesen. Oh Mann, wie hatte sie das nur vergessen können!

Hatte Trouble, schrieb sie hastig zurück.

What kind of? Rabatze liebte es, Englisch zu reden.

Zu kompliziert, tippte Lucie.

Für mich???

Quatsch! Nee, um es übers Handy zu erklären.

O.K. Was ist mit heute?

Lucies Herz machte einen kleinen Hüpfer. Wie es aussah, war Rabatze überhaupt nicht sauer, weil sie ihn versetzt hatte. Und was noch besser war: Anscheinend konnte er es kaum erwarten, sie zu treffen.

Heute ginge auf jeden Fall, antwortete Lucie.

Fast hätte sie noch ein ☺ dahintergesetzt, doch zum Glück hatte sie ihre Finger im Griff. Mit Emojis standen die meisten Jungs auf Kriegsfuß, und Rabatze ganz besonders.

»Weiberkram«, hatte er erst vor Kurzem erklärt. Und: »Die Dinger sorgen eh nur für Missverständnisse.«

Lucie hatte ihm zwar nicht gerade lautstark beigepflichtet, aber sie hatte genickt. Dabei fand sie Smiley und Co. eigentlich ganz nett, und das, obwohl sie selber auch nicht so auf Weiberkram stand. **Gut!,** ploppte Rabatzes Nachricht rein. **Wie wäre es mit der ersten großen Pause?**

Stirnrunzelnd betrachtete Lucie das Display.

Einerseits freute sie sich, dass Rabatze es mit einem Treffen so eilig hatte, andererseits kam ihr das Ganze auch ein bisschen spanisch vor.

Hast du deinen Gurt mit?, fragte sie vorsichtig zurück.

Hä? Nee! Wieso?

Jetzt schlug Lucie das Herz bis zum Hals hinauf, und ihre Finger zitterten wie blöde, als sie die nächste Frage verschickte.

Wozu willst du mich dann treffen?

Bisher hatten sie einander in der Schule höchstens mal zugenickt, wenn sie sich begegneten, mehr aber nicht.

Um mit dir zu quatschen natürlich!, erwiderte Rabatze.

Oha! Das waren ja ganz neue Töne! Darauf wollte Lucie allerdings lieber mal nicht allzu überschwänglich reagieren. Im Gegenteil: Cool bleiben, lautete die Devise.

Meinetwegen. Wo?, entgegnete sie knapp.

Vorm SMV-Raum, kam es prompt zurück.

Was das jetzt wohl wieder zu bedeuten hatte? Besonders privat klang es jedenfalls nicht, wenn er sich ausgerechnet vor der Schülermitverwaltung mit ihr unterhalten wollte.

Alles klar, schrieb Lucie dennoch, schob das Handy in ihre Hosentasche zurück und schluckte den fiesen Geschmack der Enttäuschung hastig hinunter.

Das Schicksal meinte es gut mit Lea und Lucie, denn es bescherte ihnen einen Stau, in dem sie ganze zehn Minuten stecken blieben. Und als Gerald von Leipnitz den dunkelblauen

Volvo um kurz nach acht auf den Schulparkplatz lenkte, saßen die meisten Schüler bereits im Unterricht.

Die Zwillinge huschten ins Gebäude und eilten die Treppe hinauf in den ersten Stock.

»Ich glaube, du bist hier falsch«, meinte Lea, als ihre Schwester neben ihr auf den Klassenraum der 6b zusteuerte.

»Argh, verdammt«, fluchte Lucie. »Papa hat mir gar nicht gesagt, wo ich hinmuss.«

»Du hast ihn ja auch nicht gefragt«, erwiderte Lea.

Lucies Blick verfinsterte sich.

»Es gefällt dir wohl, dass ich in die Parallelklasse soll, he?«

»Quatsch.« Lea machte eine beschwichtigende Geste. »Ich finde diese Aktion von Papa genauso bescheuert wie du.«

»Logisch«, brummte Lucie und zog eine Flappe. »Deshalb hast du dich wohl auch so für mich eingesetzt.«

»Ich dachte eigentlich, dass du das selber kannst«, gab Lea zurück.

»Klar kann ich das«, zischte Lucie. »Aber was soll Papa denn denken, wenn du überhaupt nichts dazu sagst? Etwa, dass es dir egal ist?«

Lea stoppte zwei Schritte vor der Klassenraumtür und drehte sich zu ihrer Schwester um.

»Was wäre denn so verkehrt daran?«

»Na, ALLES!«, brach es aus Lucie hervor.

»Außerdem habe ich nicht nichts gesagt«, verteidigte sich Lea.

»Ja toll!« Lucie verdrehte die Augen. »Dein Argument war, dass wir seit sechs Jahren in dieselbe Klasse gehen! Superüberzeugend. Echt!«

»Was hätte ich deiner Ansicht nach denn tun sollen?«, fragte Lea. »Etwa anfangen zu heulen?«

Lucie nickte.

»Zum Beispiel. Noch besser wäre es allerdings gewesen, wenn du Papa erklärt hättest, dass du dich nicht konzentrieren kannst, wenn ich nicht neben dir sitze, weil du dir dann ständig Gedanken machen musst, ob es mir auch gut geht.«

»Ts.« Lea tippte sich an die Stirn. »Das hätte er mir doch überhaupt nicht abgenommen. Ehrlich, Lucie«, fuhr sie fort. »Ich glaube, es ist tausendmal besser so. Papa soll ruhig denken, dass es mir gleichgültig ist. Wenn er merkt, dass wir gar nicht so sehr aufeinanderhängen, wie er befürchtet, hat er schon sehr bald keinen Grund mehr, darauf zu bestehen, dass du in der a bleibst.«

»Und was ist, wenn Miriam sich bei euch so wohlfühlt, dass sie nicht mehr zurückwill?«, jammerte Lucie.

»Darüber können wir immer noch beratschlagen, wenn es so weit ist«, erwiderte Lea. »Und jetzt lass uns endlich …«

Mitten im Satz schwang die Klassentür auf, und Frau Engels trat zu ihnen heraus.

»Ich wusste doch, dass ich mich nicht verhört habe!«, rief die Englischlehrerin fröhlich. »Lea und Lucie! Was macht ihr denn hier? Traut ihr euch etwa nicht herein?«

»Doch … klar … Entschuldigung«, antwortete Lea stockend. »Unser Vater hat uns mitgenommen. Aber dann sind wir in einem Stau stecken geblieben und …«

»Na, jetzt seid ihr ja hier«, fiel Frau Engels ihr lächelnd ins Wort. »Und das ist schließlich die Hauptsache!«

»Ähm, ja … ähm«, fing Lucie an zu stammeln – was bei ihr

eigentlich so gut wie nie vorkam. »Wissen Sie zufällig, wo die 6a gerade Unterricht hat?«

»Aber Kindchen, was willst du denn in deiner Parallelklasse?«, fragte Frau Engels kopfschüttelnd.

»Miriam und ich …«

Lucie brach ab und spähte an der Englischlehrerin vorbei in den Klassenraum. Die beiden Plätze neben Alina waren leer. Miriam schien also noch gar nicht hier zu sein.

»Was ist mit deiner Mitschülerin?«, half Frau Engels Lucie auf die Sprünge.

»Mein Vater hat gesagt, dass meine Schwester mit Miriam Bieberfeld aus der 6a tauschen soll«, erklärte Lea.

Frau Engels runzelte die Stirn.

»Ach tatsächlich?«, wunderte sie sich. »Davon weiß ich ja gar nichts.« Ein wenig ratlos sah sie zwischen den Zwillingen hin und her. »Aber wenn euer Vater das sagt, wird es wohl stimmen.« Der Blick aus ihren hellgrauen Augen blieb auf Lucie haften. »Wo sich der Klassenraum der 6a befindet, entzieht sich allerdings leider meiner Kenntnis. Am besten gehst du hinunter ins Sekretariat und fragst Frau Ludwig«, empfahl sie.

»Klar, gar kein Problem«, erwiderte Lucie. Sie musste sich zwingen, nicht mit den Augen zu rollen. »Dann verspäte ich mich eben noch ein bisschen. Was zählt schon der erste Eindruck!«

»Ach, es tut mir wirklich leid, Kindchen«, gab die Englischlehrerin mit einem bedauernden Schulterzucken zurück. »Aber keine Sorge, dir wird schon niemand den Kopf abreißen. Du kannst schließlich nichts dafür, dass du nicht umfassend informiert worden bist«, fügte sie tröstend hinzu.

»Vielleicht irrt Miriam ja auch noch durch die Gänge«, meinte Lea. »Dann kann dir wirklich niemand vorhalten, dass du absichtlich zu spät gekommen wärst. Unser Vater ist übrigens auch nicht pünktlich hier gewesen«, fuhr sie an Frau Engels gerichtet fort. »Sie wissen schon, wegen dem Stau.«

»Bei mir musst du dich doch nicht entschuldigen, Kindchen«, erwiderte die Englischlehrerin und tätschelte Lea die Schulter. »Ich weiß ja, dass du und deine Schwester normalerweise rechtzeitig zum Unterricht erscheint.«

In der Zwischenzeit war der Geräuschpegel im Klassenraum stark angestiegen. Die Schüler unterhielten sich über Fernsehserien, Sportveranstaltungen, Klamotten und ihre Wochenendpläne, und zwischen der ersten und der letzten Fensterreihe tobte mittlerweile eine Papierkügelchenschlacht.

Alina rutschte ungeduldig auf ihrem Stuhl hin und her und verrenkte sich fast den Hals bei ihrem Versuch, einen Blick von Lea zu erhaschen.

»So, ich glaube, es wird höchste Zeit, mit der Lektion fortzufahren«, sagte Frau Engels und setzte eine strenge Miene auf.

Sie machte einen Schritt zur Seite, damit Lea an ihr vorbeischlüpfen konnte, und klatschte in die Hände.

»Ruhe bitte!«, rief sie. »Wir machen jetzt eine kleine Übung im Grammatikalischen Beiheft.«

»Na, dann viel Spaß«, murmelte Lucie und zog mit einem wehmütigen Seufzer die Klassentür zu.

Als Lucie kurze Zeit später die Glastür zum Bürotrakt öffnete, lief sie Rabatze vor die Füße, der gerade aus dem SMV-Raum kam.

»Na, das nenne ich mal akute Verfrühung«, meinte er grinsend.

»Quatsch«, brummte Lucie. »Ich bin viel zu spät dran, und wenn ich nicht bald …«

Rabatze fuhr sich durch sein störrisches Schwarzhaar.

»Waren wir nicht erst in der Pause verabredet?«, fragte er irritiert.

»Wir schon«, erwiderte Lucie. »Die 6a und ich allerdings bereits vor einer guten Viertelstunde.«

»Aha?« Rabatze schob seine dunklen Brauen über der Nasenwurzel zusammen. »Und was machst du dann hier unten?«

»Ich will mich bei Frau Ludwig erkundigen, wo ich Unterricht habe«, erklärte Lucie.

»Moment mal …« Rabatze schüttelte unwillig den Kopf. »Du weißt nicht, wo deine Klasse ist?«

»Meine *neue* Klasse«, betonte Lucie.

Es fehlte noch, dass Rabatze sie für verpeilt hielt. Nachdem sie die gestrige Verabredung mit ihm bereits vergessen hatte, war das nämlich gut möglich.

»Du wechselst?«, fragte er erstaunt.

»Nicht freiwillig«, stellte Lucie klar. »Mein Vater zwingt mich dazu. Ich muss mit Miriam Bieberfeld tauschen, weil sie sich in der a nicht mehr wohlfühlt.«

Rabatze nickte. »Das stimmt.«

»Woher weißt *du* denn das?«, stieß Lucie aus.

»Aus unseren Versammlungen«, erklärte Rabatze und deutete auf die Tür mit dem SMV-Schild. »Miriam ist im Februar zur Klassensprecherin gewählt worden. Am Anfang war auch alles okay, aber …« Er brach ab und fuhr sich erneut durch die Haare. »Wie wäre es, wenn du an ihre Stelle trittst?«

»Ich?«, platzte es aus Lucie heraus. »Nee danke. So ein Job ist nix für mich.«

»Das finde ich aber schon«, entgegnete Rabatze und musterte sie mit leicht zur Seite geneigtem Kopf.

Um seine Mundwinkel zuckte es, und seine dunklen Augen funkelten.

Lucie stöhnte leise, denn sie wusste nur zu gut, was dieser Blick bedeutete. Wenn Rabatze eine Idee hatte, wollte er sie auch umsetzen. Ausflüchte ließ er nicht oder nur ganz selten gelten. Lucie würde sich eine ziemlich gute Erklärung einfallen lassen müssen, um ihn davon zu überzeugen, dass sie unmöglich Klassensprecherin werden konnte.

»Die kennen mich doch überhaupt nicht«, argumentierte sie. »Und ich kann sie schließlich nicht dazu zwingen, mich zu wählen.«

»Das ist absoluter Blödsinn«, widersprach Rabatze. »Deine Schwester und du, ihr seid das einzige Zwillingspärchen an dieser Schule. Jeder weiß, wer ihr seid. Sollen wir wetten?«

Lucie seufzte.

»Wahrscheinlich hast du recht«, lenkte sie ein. »Trotzdem. Ich kann doch nicht einfach …«

»Du willst also nicht herausfinden, was für Probleme Miriam mit ihren Klassenkameraden hatte?«, fiel Rabatze ihr ins Wort.

»Ähm … Wieso fragst du sie das nicht selbst?«

»Das habe ich schon«, brummte Rabatze. »Und nicht nur ich. Miriam will partout nicht darüber reden. Irgendwas muss in der 6a ziemlich blöd gelaufen sein.«

»Okay …«, sagte Lucie gedehnt. Ihre Neugier war auf jeden Fall geweckt. »Ich halte Augen und Ohren offen«, versprach sie.

»Gut.« Rabatze schenkte ihr ein Lächeln. »Das ist ja immerhin schon mal mehr als nichts.«

Um zwanzig vor neun stand Lucie endlich vor ihrem neuen Klassenraum. Die erste Stunde war fast vorbei, und sie überlegte, ob sie überhaupt noch anklopfen sollte. Von Frau Ludwig hatte sie erfahren, dass die 6a gerade Erdkunde bei Herrn Senfig hatte, und mit ihm verhielt es sich in etwa so wie mit Lea und ihr: Es gab nicht einen Schüler an der Adenauer-Gemeinschaftsschule, der die Geschichte von Robert aus dem achten Jahrgang nicht kannte. Der nämlich hatte Herrn Senfig gefragt, wo sich die Punica-Oase befände. Daraufhin hatte der Erdkundelehrer ihn in eine Weltkarte eingewickelt und ihm geraten, die Oase bis zum Ende der Stunde zu finden, wenn er nicht nachsitzen wolle.

Und natürlich wusste auch jeder, wie die Geschichte ausgegangen war: Robert hatte so lange in der Schule bleiben müssen, bis er sämtliche 193 Länder der Erde – angefangen beim kleinsten (Vatikanstadt) bis zum größten (Russland) – auswendig herunterrattern konnte. Außerdem hatte Herr Senfig von ihm verlangt, dass er die Schuld für die verknickte Weltkarte auf sich nahm.

Das Ganze war ungefähr ein Jahr her, und damals war ganz offen darüber getuschelt worden, dass Herr Senfig mehr Ärger mit Schulleiter Herplitz bekommen hätte als Robert. Trotzdem war der Erdkundelehrer nach wie vor wegen seiner ungewöhnlichen Unterrichtsmethoden verschrien.

»Wie konntest du mir das nur antun, Papa?«, grummelte Lucie.

Sie hatte sich gerade dazu durchgerungen anzuklopfen, als es zur Fünf-Minuten-Pause klingelte.

Lucie atmete auf. Sie trat einen Schritt zur Seite und erwartete, dass die Tür jeden Augenblick aufschwang und einige ihrer neuen Klassenkameraden herausgeflitzt kamen, um auf die Toilette zu gehen oder sich am Cafeteria-Kiosk etwas zu trinken zu holen. Vielleicht konnte Lucie sich im allgemeinen Hin und Her unbemerkt unter ihre Mitschüler mischen und auf Miriams Platz schleichen. Irgendjemand würde ihr schon verraten, wo ihre ehemalige Klassensprecherin gesessen hatte.

Doch nichts passierte. Die Tür blieb zu, und von drinnen schallte noch immer nur Herrn Senfigs Knödelstimme zu Lucie heraus.

So ein Mist! Heute Morgen lief auch alles schief!

Aber egal. Das Schlimmste, was Lucie passieren konnte, war ein Eintrag ins Klassenbuch. Für die versäumte Stunde würde Papa ihr dann schon eine Entschuldigung schreiben.

Abgesehen davon war Herr Senfig ja kein Unmensch, sondern einfach bloß ein bisschen streng.

Trotzdem. Es half ja nichts. Lucie musste jetzt da rein. Und so hob sie die Hand und klopfte gegen die Tür.

Doch es passierte noch immer nichts. Herr Senfig knödelte unbeirrt weiter. Als ob er eine Puppe wäre, die jemand aufgezogen hatte, durchzuckte es Lucie, und sie musste unwillkürlich grinsen.

Im selben Moment wurde die Tür aufgerissen, und Herr Senfig stand auf der Schwelle.

Er musterte Lucie von oben bis unten und brüllte: »Was guckst du denn so? Hier gibt es nichts zu lachen.«

Aus dem Klassenraum ertönte ein unterdrücktes Kichern.

»Und hier auch nicht«, donnerte Herr Senfig, nachdem er einen gut gewürzten Blick auf seine Schüler abgefeuert hatte.

»Entschuldigung«, sagte Lucie. »Ich habe mit Miriam Bieberfeld getauscht.«

»Was geht mich das an?«, wollte der Erdkundelehrer wissen.

Er trug ein rosafarbenes Hemd, einen knallgelben Pullunder und eine beige Cordhose.

»Ähm«, sagte Lucie. »Das passt nicht … nicht zueinander … das Hemd nicht zur Hose … und sie sitzt auch zu lose …«

»Was redest du denn da für einen Unsinn?«, schimpfte Herr Senfig.

»Das ist kein Unsinn!«, rief ein Junge mit blonden Locken. »Das ist Poetry.«

»Interessiert mich nicht«, fauchte Herr Senfig. »Wir haben jetzt Erdkunde. Also …«, wendete er sich wieder Lucie zu. »Was willst du?«

»Auf Miriams Platz«, erwiderte sie. »Und Ihrem Unterricht lauschen.«

»Aha?« Herr Senfig schob seine Unterlippe vor und betrachtete Lucie skeptisch. »Und warum?«

»Weil ich jetzt in Ihrer Klasse bin«, erklärte sie.

»Dies ist nicht meine Klasse!«, wetterte der Erdkundelehrer nun richtig laut. »Ich unterrichte sie bloß!«, blaffte er ihr ins Gesicht.

Lucie zuckte zusammen.

Sie wunderte sich, dass in den umliegenden Klassenräumen noch niemand auf das Gebrüll aufmerksam geworden war. Eigentlich hätten längst ein paar andere Lehrer herauskommen müssen, um nachzuschauen, was sich auf dem Gang abspielte.

Seltsam, dachte Lucie. Mit eingezogenem Kopf zwängte sie sich an Herrn Senfig vorbei und huschte auf den Jungen mit den blonden Locken zu. Der Stuhl rechts neben ihm war noch frei.

»Hat Miriam dort gesessen?«, fragte sie leise.

Der Junge nickte.

Er hatte grasgrüne Augen und eine Narbe am Kinn. Irgendwie sah er ziemlich verwegen aus. Lucie fand ihn jedenfalls sofort sympathisch. Komisch eigentlich, dass er ihr bisher noch gar nicht aufgefallen war. Die meisten anderen aus der Klasse hatte sie schon öfters auf dem Schulgelände gesehen und von einigen kannte sie auch die Namen.

Lucie umrundete den Tisch und ließ sich neben den Jungen auf den leeren Stuhl fallen.

»Hab ich gesagt, dass du dich hinsetzen sollst?«, donnerte Herr Senfig.

»Nein«, erwiderte Lucie. »Aber könnten Sie bitte aufhören, mich anzuschreien?«

Der Junge neben ihr sah sie aus seinen grasgrünen Augen an, und obwohl Lucie den Blick fest auf Herrn Senfig gerichtet hielt, spürte sie, dass auch alle übrigen Schüler sie unverhohlen anstarrten.

Wieder ertönte ein leises Kichern, und in der letzten Bank steckten Merle und Sina ihre Köpfe zusammen und tuschelten hinter vorgehaltener Hand.

»Ruhe!«, brüllte Herr Senfig.

Immerhin hatte er inzwischen die Tür zugezogen, sodass zumindest der Gang nicht mehr beschallt wurde.

»Können Sie überhaupt normal reden?«, erkundigte sich Lucie.

»Was ist denn das für eine Frage?«, blökte der Erdkundelehrer.

Mittlerweile war sein Gesicht tiefrot angelaufen, und seine Augen wölbten sich bereits ein wenig aus den Höhlen hervor. Gruselig sah das aus, fand Lucie. Fast ein bisschen lächerlich. Das komische Gefühl – vielleicht war es sogar Angst gewesen –, das sie vor dem Betreten des Klassenraums empfunden hatte, war inzwischen verflogen.

»Ich finde, das ist eine ganz normale Frage«, sagte sie mit ruhiger, fester Stimme. »Natürlich weiß ich, dass ich mich verspätet habe, was im Übrigen keine Absicht war. Und wenn Sie das nicht glauben, dann wenden Sie sich bitte an Frau Ludwig … und an meinen Vater. Die beiden können Ihnen das sicher besser erklären als ich.«

Herr Senfig schnappte nach Luft. Vermutlich kam es nicht

allzu häufig vor, dass ein Schüler so mit ihm redete. Lucies Verhalten schien ihn sogar zu verunsichern, denn nun verschanzte er sich regelrecht hinter dem Lehrertisch und seiner Aktentasche, die er darauf platziert hatte.

»Dein Vater kann sich gerne mit mir in Verbindung setzen, sofern seinerseits Redebedarf besteht«, knödelte er. »Ich jedenfalls habe keinerlei Veranlassung, auf die Eltern meiner Schüler zuzugehen.«

»Ja, wissen Sie denn nicht, wer sie ist?«, rief ein Mädchen mit kurzen roten Haaren und Brille in die Klasse.

Herr Senfig stutzte kurz.

»Nein«, knurrte er dann. »Muss ich das?« Kopfschüttelnd öffnete er seine Aktentasche und nahm einen Stapel Zettel heraus. »Die Enkelin unseres Bundespräsidenten wird sie wohl kaum sein. Und auch keine Prinzessin.« Er sah Lucie scharf an. »Hab ich recht?«

»Das ist Lea von Leipnitz!«, platzte es aus einem der beiden Mädchen, die eben noch miteinander getuschelt hatten, heraus.

»Das stimmt leider nicht!«, rief Lucie ihr lächelnd zu. »Ich bin Lucie.«

»Lucielea wer oder was steht in meinem Unterricht nicht zur Debatte«, knödelte Herr Senfig. »Bei mir werden alle Schüler gleich behandelt. Und solange ich keine offizielle Mitteilung darüber habe, dass ein Klassenwechsel vollzogen wurde, gilt Miriam Bielefeld weiterhin als fehlend … und Lealucie als nicht existent.«

Ein schmaler, blasser Junge mit müden Augen meldete sich zögernd.

»Ja bitte, Pascal?«, fuhr Herr Senfig ihn an.

»Miriam heißt nicht Bielefeld, sondern Bieberfeld«, sagte der Junge mit piepsiger Stimme.

»Ich wünschte, du wüsstest über die Ausbreitung der sibirischen Steppe und die Aktivität der tektonischen Platten ebenso gut Bescheid«, erwiderte der Erdkundelehrer harsch.

»Aber das tu ich doch«, gab der Junge mit gesenktem Kopf zurück. »Außerdem ist mein Name Patrick.«

»Gut.« Herr Senfig stand von seinem Stuhl auf und fing an, die Zettel unter den Schülern zu verteilen. »Dann schreibst du ihn am besten gleich oben rechts auf die erste Seite, damit du ihn auch ganz sicher nicht vergisst.«

»Ich doch nicht«, murmelte Patrick und blickte kurz auf.

Lucie hatte den Eindruck, dass er noch blasser geworden war.

»Was ist denn das?«, fragte der Junge mit den grasgrünen Augen.

»Ein unangekündigter Test«, knödelte Herr Senfig.

»Boah, wie gemein!«, jaulte Paulina, ein großes Mädchen mit haselnussbraunen Augen und unzähligen Sommersprossen. »In der letzten Stunde haben Sie gesagt, dass wir erst in der nächsten Stunde einen Test schreiben.«

»In dem Fall wäre es ein angekündigter gewesen«, knödelte Herr Senfig, und Lucie bildete sich ein, dass ein schadenfreudiger Ausdruck in seinem runden roten Gesicht aufgeblitzt war.

»Und dann geht er auch noch zwei Seiten«, beschwerte sich der blond gelockte Junge neben Lucie, dem gerade zwei zusammengeheftete Zettel auf den Tisch geflattert waren. »Achtzehn Aufgaben!« Er tippte sich an die Stirn. »Das ist ja so viel wie in einer richtigen Klassenarbeit.«

»In Geografie sind Klassenarbeiten nicht vorgesehen«, erklärte Herr Senfig.

»Dann dürfen Sie auch keine schreiben lassen«, protestierte der Junge.

»Tu ich ja auch nicht«, knödelte Herr Senfig und tippte mit dem Zeigefinger so energisch auf den Aufgabenzettel in seiner Hand, als wollte er ein Loch hineintackern. »Dies hier ist ein Test. Und wenn ihr ihn einigermaßen erfolgreich bestehen wollt, rate ich euch dringend, das Geschwätz auf der Stelle einzustellen und mit dem Ausfüllen zu beginnen. Euch bleibt nämlich gerade noch eine halbe Stunde Zeit dafür, weil diese nicht existente Schülerin hier …«, er wies auf Lucie, »euch wertvolle Minuten gestohlen hat. Dafür dürft ihr euch gerne nach der Stunde bei ihr bedanken«, setzte er mit einem herablassenden Grinsen hinzu.

Klassensprecher-Pläne

»Das war cool, wie du dem Senfig Kontra gegeben hast«, sagte der Junge mit den grasgrünen Augen, der sich nach dem Ende der Erdkundestunde ungefragt an Lucies Fersen geheftet hatte, und nun in Richtung Verwaltungstrakt neben ihr herlief.

»Du doch auch«, erwiderte Lucie.

»Na ja … Was bleibt mir anderes übrig?«, gab der Junge achselzuckend zurück. »Jetzt wo Miriam weg ist … Schließlich bin ich ihr Stellvertreter.«

Lucie verlangsamte ihren Schritt und sah ihn neugierig an.

»Du bist Klassensprecher der a?«

»Ja … ähm … also … der Zweitgewählte.« Der Junge blieb stehen und streckte Lucie seine Hand hin. »Ich heiße übrigens Tobias Weinert. Aber alle nennen mich Toby.«

»Okay …«

Irritiert starrte Lucie auf seine Hand. Sollte sie die jetzt etwa wirklich nehmen und drücken – oder gar schütteln?

»Meinen Namen kennst du ja«, sagte sie schließlich und legte wieder einen Zahn zu. »Ich will ja nicht unhöflich sein, aber ich bin verabredet.«

»Du *bist* unhöflich«, entgegnete Toby. Er ließ seine Hand sinken und beeilte sich, Lucie hinterherzukommen. »Aber das ist schon in Ordnung«, setzte er hastig hinzu.

Es schien ihm tatsächlich nichts auszumachen, dass sie über seine altmodische Begrüßungsgeste einfach so hinweggegangen war.

»Ich wollte dich eigentlich was fragen …«

»Schieß los«, ermunterte Lucie ihn.

»Vielleicht könntest du ja unsere neue Klassensprecherin werden«, schlug Toby vor.

»Was?« Lucie blieb abrupt stehen. Nach Rabatze war Toby jetzt schon der Zweite, der ihr damit kam. »Wie soll das denn gehen?«, fragte sie kopfschüttelnd. »Klassensprecher werden gewählt und nicht von irgendjemandem ausgesucht.«

»Schon klar«, erwiderte Toby. »Ich bin mir aber ziemlich sicher, dass du genügend Stimmen bekommst.«

»Ach ja?« Lucie musterte ihren neuen Klassenkameraden stirnrunzelnd.

»Logisch«, sagte Toby und grinste schief. »Immerhin bist du bekannt wie ein bunter Hund.«

»Bloß weil ich eine Zwillingsschwester habe?« Wieder schüttelte Lucie den Kopf. »Das ist doch kein Grund, zur Klassensprecherin gewählt zu werden. Oder denkt ihr etwa, ihr hättet irgendwelche Vorteile, weil mein Vater hier unterrichtet?«, hakte sie nach und machte eine unwillige Geste. »Das kannst du nämlich gleich vergessen. Lea und ich sind dadurch eher benachteiligt. Du kannst es mir wirklich glauben«, bekräftigte sie. »Deine Klasse hätte absolut gar nichts davon!«

»Sorry, aber das war doch bloß ein Scherz«, gab Toby ein wenig zerknirscht zurück. »Also, das mit dem bunten Hund, meine ich. Natürlich weiß an dieser Schule fast jeder, wer ihr seid«, fuhr er fort. »Aber deshalb sollst du nicht Klassensprecherin werden.«

»Warum dann?«, hakte Lucie nach.

»Weil du dich traust, den Mund aufzumachen«, erklärte Toby. »Und ich bin garantiert nicht der Einzige, der das cool findet.«

Durch die große Fensterfront der Pausenhalle fiel ein Sonnenstrahl mitten in sein Gesicht. Darin schimmerte Tobys leicht gebräunte Haut wie die Oberfläche eines Karamellbonbons. Eine helle Ponylocke fiel in seine Stirn, und die grasgrünen Augen leuchteten wie bei einem Alien.

Lucie senkte den Blick und blähte die Backen. Gerade war ihr aufgefallen, dass Toby total lange Wimpern hatte. Fast wie bei einem Mädchen. Er war exakt genauso groß wie sie, sodass sie automatisch direkt in seine krass leuchtenden Augen sehen konnte. – Komisch eigentlich, dass er sich von der Sonne gar nicht geblendet fühlte!

Vielleicht ist er ja wirklich ein Alien, dachte Lucie, und schon musste sie grinsen.

»Der Senfig hat aber auch echt ’nen Sockenschuss«, sagte sie schnell, bevor Toby noch auf die Idee kam, ihr Lächeln als Zustimmung zu werten. »Wieso wirst *du* nicht einfach erster Klassensprecher?«, fragte sie.

»Gar keine so schlechte Idee«, ertönte Rabatzes Stimme hinter ihr. »Nun da Miriam nicht mehr zur Verfügung steht.«

Lucie wirbelte herum.

»Was machst du denn hier?«, platzte es aus ihr heraus.

Rabatze deutete auf die Glastür, die zum Verwaltungstrakt führte, und zwinkerte Lucie zu.

»Zufälligerweise bin ich hier mit einer Sechstklässlerin verabredet«, erwiderte er. Dann glitt sein Blick zu Toby. »Und mit einem gewissen Tobias Weinert.«

»Hä?«, stammelte Lucie. »Wieso? … Ich dachte …«

»Dass wir uns nur zu zweit treffen würden?«, fragte Rabatze jetzt auch noch, und plötzlich kam sie sich ziemlich blöd vor.

»Toby war gestern beim Slacklinen«, erklärte Rabatze unterdessen weiter. »Da hast du wirklich was verpasst, Lucie. Er ist nämlich ein wahres Naturtalent.«

»Na ja, geht so«, winkte Toby ab. »Aber es hat total Spaß gemacht.«

»Jedenfalls wissen wir inzwischen, dass Miriam ihren Posten schmeißen will«, gab Rabatze zurück. »Und darüber möchte ich gerne noch mal mit dir reden. Und mit dir auch«, setzte er an Lucie gerichtet hinzu.

»Mit mir?«, fragte sie erstaunt. »Aber doch wohl nicht darüber, dass ich ebenfalls Klassensprecherin werden soll!«

»Das besprechen wir besser unter sechs Augen«, meinte Rabatze und nickte ihr und Toby zu. »Im Raum der Schülermitverwaltung.«

Nachdem Rabatze die Tür hinter ihnen zugezogen hatte, ließ Toby sich sofort auf einen der locker im Raum verteilten Stühle fallen. Lucie hatte keine Lust zu sitzen und wanderte langsam an einer der beiden Seitenwände auf und ab.

»Wieso ist hier eigentlich sonst keiner?«, wollte sie wissen.

»Ganz einfach«, antwortete Rabatze. »Weil nicht immer

jemand aus der Schülervertretung Zeit hat. Außerdem sind *wir* ja jetzt hier«, meinte er, drehte einen der vorderen Stühle um und pflanzte sich rittlings darauf.

Lucie verschränkte die Arme vor der Brust und beobachtete ihren Slackliner- und Poetry-Freund aus dem Augenwinkel.

Rabatze war eindeutig der coolste Junge, den sie kannte. Er besaß eine ganze Kollektion übergroßer Schlabber-T-Shirts, die mit witzigen Sprüchen bedruckt waren, und trug immer extrem ausgewaschene Jeans. Mit diesen Klamotten, dem dichten schwarzen Haar, das oben lang und wellig und an den Seiten extrem kurz geschnitten war, und den wachen dunklen Augen sah er einfach ultra lässig aus.

Den Spruch, der heute sein T-Shirt zierte, fand Lucie allerdings nur mäßig gut.

Bei mir kann jeder machen, was ich will prangte in roten Buchstaben auf dunkelgrünem Untergrund.

Na ja, wenn sie ehrlich war, gefiel ihr die ganze Situation nicht. Der Tag hatte schon blöd genug angefangen, Lucie legte nicht den geringsten Wert darauf, dass es noch endlos so weiterging.

»Ich nehme an, du weißt, dass Miriam nicht nur eure Klassensprecherin, sondern auch die Schülersprecherin der Unterstufe war«, sagte Rabatze zu Toby.

»Logisch.« Lucies Klassenkamerad nickte. »Aber wieso …? Ist sie das denn auch nicht mehr?«

»Nope.« Rabatze legte seine Arme auf der Stuhllehne ab und sah Toby durchdringend an. »Und deswegen wollte ich dir vorschlagen, dich für diese beiden Ämter zur Wahl zu stellen.«

»Für die letzten paar Wochen bis zu den Sommerferien?«

Toby tippte sich an die Stirn. »Das ist doch Schwachsinn! Wieso nehmt ihr nicht einen aus dem fünften Jahrgang?«

»Weil es dort niemanden gibt, der geeignet wäre«, erwiderte Rabatze frei heraus. »Die meisten haben sich doch noch gar nicht richtig in unsere Schule eingewöhnt. Die brauchen einfach noch ein bisschen Zeit.«

»Okay … und warum fragst du ausgerechnet mich?«, wollte Toby wissen. »Ich war noch nie auf einer eurer Versammlungen. Und Miriams Stellvertreter bin ich bloß geworden, weil es kein anderer machen wollte.«

»Siehst du«, sagte Rabatze und zeigte mit dem Finger auf ihn. »Und das war ein Fehler.«

»Wieso das denn?«, mischte Lucie sich ein. »Wenn man sich nicht für solchen Kram interessiert?«

»Ach so.« Enttäuschung breitete sich auf Rabatzes Gesicht aus. »So siehst du das! Und wenn dir etwas nicht passt, dann meckerst du halt ein bisschen rum, versuchst aber gar nicht erst, etwas zu ändern. Oder wie?«

»Klar, versucht sie das«, sprang Toby Lucie zur Seite. »Du hättest sie vorhin mal erleben sollen, wie sie sich mit dem Senfig angelegt hat.«

»Hm.« Rabatze schürzte die Lippen und nickte. »Deswegen glaube ich auch, dass Lucie genauso für den Posten geeignet wäre. Überlegt es euch, okay? Ich finde, einer von euch sollte es machen.«

»Und was ist, wenn Miriam es sich anders überlegt?«, wandte Toby ein.

»Das wird sie garantiert nicht«, sagte Rabatze finster.

Er stand von seinem Stuhl auf und steuerte auf die Tür zu.

Lucie sah Toby an und richtete ihren Blick dann auf Rabatzes Rückseite. In ihrem Bauch köchelte eine unangenehme Mischung aus Zorn und etwas anderem, das völlig neu für sie war und sie nicht so recht einordnen konnte. Der Gedanke, dass Rabatze sie jetzt womöglich nicht mehr mochte, nur weil sie sich nicht so verhielt, wie er sich das vorstellte, machte Lucie total kirre.

Und ehe sie sichs versah, sprudelte es auch schon aus ihr hervor: »Okay, ich mach's. Ich stelle mich zur Wahl. Wenn mich aber keiner will, dann …« – sie zog die Schultern bis zu den Ohren hoch –»… kann ich es auch nicht ändern.«

Die erste Hälfte der großen Pause hatte Lea damit zugebracht, Alina zu erzählen, was in den letzten vierundzwanzig Stunden passiert war. Sie begann mit ihrer Beobachtung gestern in der Cafeteria, berichtete von der Begegnung mit Johanna Knippke, der verunglückten Hochzeitstorte und beendete ihre Schilderung schließlich mit dem Entschluss ihres Vaters, dass Lucie und sie ab sofort getrennt unterrichtet werden sollten.

Wie es ihre Art war, hatte Alina sich alles angehört und Lea kein einziges Mal unterbrochen.

»Denkst du, dass er es vielleicht gar nicht mit deiner Mutter besprochen hat?«, überlegte sie jetzt.

»Nee.« Lea nagte ein wenig auf ihrer Unterlippe herum und schüttelte den Kopf. »Ich glaube nicht, dass er so etwas einfach alleine entscheidet.«

Es sei denn, die Butterkekse verstanden sich schon seit einer

Weile nicht mehr gut. Aber den Gedanken wollte Lea lieber gar nicht an sich heranlassen.

»Ich kann mir jedenfalls nicht vorstellen, dass dein Vater etwas mit der Knippke hat«, sagte Alina. »Er liebt doch seine Butterkeksin.«

Lea nickte. Zumindest hatte Papa das bisher getan. Und so etwas Großes wie Liebe konnte doch nicht von heute auf morgen einfach vorbei sein. – Oder doch?

Lea musste an Opa Pistorix und Oma Billie denken. Bei ihnen hatte es mit der Liebe ja leider nicht so gut funktioniert. Jedenfalls war Oma Billie so ziemlich aus heiterem Himmel mit ihrem Sparkassen-Fuzzi durchgebrannt. Aber vielleicht hatte es in der Ehe ihrer Großeltern auch schon länger gekriselt, und Lucie, Lea und die Butterkekse hatten es erst erfahren, als das Kind längst in den Brunnen gefallen war.

»Entweder sie haben sich zufällig an den Händen berührt …«, sagte Alina.

»Ich weiß nicht, ob sie sich wirklich einfach nur berührt haben«, unterbrach Lea ihre Freundin. »Es könnte auch sein, dass sie sich richtig angefasst haben. Es war ja nur ganz kurz. So genau habe ich es nicht gesehen.«

»Ich kapier das sowieso nicht«, erwiderte Alina. »Wenn jemand, der verheiratet ist, was mit einer anderen anfängt, dann macht er das doch heimlich, und nicht mit dem Risiko, dabei erwischt zu werden.«

»Ja.« Wieder nickte Lea. »So weit waren Lucie und ich auch schon.«

Alina zog eine Grimasse. »Dann hat euer Vater es also darauf angelegt, von euch erwischt zu werden?«

Lea zuckte mit den Schultern.

»Keine Ahnung.«

»Nein! Nein! Nein! Und nochmals nein!« Alina stampfte mit dem Fuß auf. »Das wäre ja obermies und megafeige«, schimpfte sie. »Und außerdem auch noch total blöd.«

Lea sah ihre Freundin verständnislos an. »Wieso ...?«

»Das kann ich dir genau sagen«, fuhr Alina aufgebracht dazwischen. »Megafeige, weil er es eigentlich deiner Mutter gestehen müsste. Obermies, weil er stattdessen euch mit hineinzieht, und blöd, weil er riskiert, dass Lucie und du ihn deswegen ein Leben lang hasst. So etwas kann ein Vater auf keinen Fall wollen.«

Lea blieb die Spucke weg.

So hatte sie die Sache nämlich noch gar nicht betrachtet.

»Ich jedenfalls würde meinen Vater hassen, wenn er mir so etwas antäte«, fuhr Alina aufgebracht fort.

»Ich nicht«, sagte Lea leise. »Ich hasse Papa kein Stück. Und ich denke, Lucie geht es nicht anders.«

»Eben. Weil ihr ihm so etwas nicht zutraut«, schlussfolgerte Alina. »Und weil er es wahrscheinlich auch niemals so machen würde. Es gibt also nur eine einzige Erklärung: Die Knippke hat ihre Hand vielleicht einfach in seine geschoben. Verstehst du? Sie will was von ihm, er aber nicht von ihr.«

Lea machte einen Luftsprung vor Erleichterung.

»Oh Mann, ich könnte dich knutschen!«, jubelte sie.

»Dann mach's doch!«, erwiderte Alina lachend.

Sie hatte es noch nicht ganz ausgesprochen, da baumelte Lea bereits an ihrem Hals und drückte ihr einen dicken Kuss auf die Wange.

»Genau das habe ich auch gehofft«, stieß sie hervor. »Umso toller ist es, dass du das Gleiche denkst. Und du hast recht. Es wäre wirklich ziemlich bescheuert, wenn der Butterkeks es darauf anlegen würde, von uns erwischt zu werden.« Sie ließ Alina los und tippte sich mit beiden Zeigefingern gegen die Stirn. »Damit wir dann zu unserer Mutter rennen und petzen, oder was?«

»Aber vielleicht hat die Knippke es ja mit Absicht gemacht«, überlegte Alina weiter.

»Klar hat sie das«, brummte Lea.

Dann erst wurde ihr klar, wie ihre Freundin das gemeint hatte.

»Du glaubst, dass sie Lucie und mich in der Cafeteria gesehen und die Hand von meinem Vater deshalb berührt hat? Weil sie gedacht hat, dass wir es sehen könnten?«

Alina nickte zögernd.

»Das wäre allerdings ein starkes Stück!«, brach es aus Lea hervor.

»Ich will einer Lehrerin ja nix Böses unterstellen«, sagte Alina. »Aber ich finde, ihr müsst sie ausschalten.«

»Hallo!« Erschrocken sah Lea ihre Freundin an. »Wie stellst du dir das vor? Wir können ihr ja wohl schlecht …«

»Bist du verrückt!«, fiel Alina ihr ins Wort. »Ihr sollt sie doch nicht umbringen, sondern mit jemand anderem verkuppeln.«

»Na, du kommst ja vielleicht auf Ideen!«, stieß Lea hervor. »Wie sollen wir das denn machen? Und mit wem?«

»Weiß nicht.« Alina zog eine Schnute und ließ ihren Blick über ihre Mitschüler auf dem Pausenhof wandern, so als erwartete sie, unter ihnen den passenden Kandidaten zu finden.

»Auf jeden Fall sollte es so bald wie möglich passieren. Sonst kommt dein Vater womöglich doch noch auf den Geschmack. Apropos ...«, setzte sie hinzu. »Ihr könntet natürlich auch versuchen, ihn ihr madigzumachen.«

Puh! Auch kein schlechter Einfall. Allerdings stellte Lea sich das fast noch schwieriger vor, als jemanden zu finden, mit dem Johanna Knippke sich von ihrem Vater ablenken ließ.

»Ich bespreche das nachher mal mit Lucie«, sagte sie.

Mit etwas Glück war ihrer Schwester ja schon etwas zu diesem Thema eingefallen. Außerdem würde Lea in der nächsten Doppelstunde ein ganz besonders aufmerksames Auge auf ihren Vater und die hübsche junge Referendarin haben. Es stand nämlich Mathematik auf dem Stundenplan. Lea und Alina hatten ihre Hausaufgaben erledigt, im Gegensatz zu einigen anderen vermutlich. Die Freundinnen waren schon sehr gespannt, wie die Ohrstöpsel-Geschichte weiterging.

»Und? Wie war's?«, fragten Lea und Lucie gleichzeitig, während sie sich auf den Weg zum Parkplatz machten.

Die Schwestern sahen sich an und grinsten.

»Ganz okay«, sagte Lucie, und Lea meinte: »Eine einzige große Langeweile«.

»Wieso denn das?«, wollte Lucie wissen.

»Ausnahmslos alle hatten ihre Hausaufgaben«, antwortete Lea. »Selbst die Barbie-Dolls.«

»Tja, dann hat Alina Ronja wohl doch abschreiben lassen«, gab Lucie seufzend zurück. »Die treulose Tomate.«

»Ach, und wenn schon«, meinte Lea abwinkend. »Das ist ganz allein ihre Sache.«

Lucie taxierte ihre Schwester aus zusammengekniffenen Augen. »Du bist also nicht eifersüchtig?«

Lea schüttelte den Kopf.

»Quatsch!«, entgegnete sie heftig – vielleicht sogar eine Spur zu heftig. »Ronja wird mir Alina schon nicht ausspannen. Sie hat doch Geli, Jenny und Antonia.«

»Und du notfalls auch noch Vanessa«, bemerkte Lucie spitz.

»Jetzt hör aber auf!«, pflaumte Lea ihre Schwester an. »Vanessa ist meine Rollkunstlauf- und Freizeit-Freundin. Mit ihr habe ich eine Menge Spaß, aber mit Alina kann ich viel besser über ernste Dinge reden.«

»Ach ja?«

»Ja«, bekräftigte Lea und verdrehte die Augen.

Lucies Sticheleien nervten. Es hatte beinahe den Anschein, als ob sie selber eifersüchtig war.

Au weia!, dachte Lea. Wenn Lucie sich tatsächlich zurückgesetzt fühlte – was natürlich vollkommen blödsinnig war –, würde mit ihr nicht gut Lakritze essen sein. Dann galt es, sich genau zu überlegen, was sie sagte – und vor allem, wie sie es tat.

»Uuhuund«, fuhr sie daher mit Beifall heischendem Unterton fort, »die Knippke war heute gar nicht da. Der Butterkeks hat die ganzen zwei Mathestunden allein durchgezogen, als ob es das Normalste von der Welt wäre.«

Endlich hellte sich Lucies Miene wieder auf.

»Vielleicht ist sie Papa ja so sehr auf den Senkel gegangen, dass er den Direx darum gebeten hat, sie in einer anderen Klasse einzusetzen«, äußerte sie hoffnungsvoll.

Lea nickte zögernd.

»Alina denkt übrigens auch, dass er nichts von ihr will …«

»Sag ich doch«, brummte Lucie, und schon war ihre Laune wieder dahin. »Ich finde es übrigens nicht okay, dass du unsere allerprivatesten Familienangelegenheiten mit jedem Hinz und Kunz besprichst.«

»Spinnst du jetzt total, oder was?«, erwiderte Lea. »Alina ist doch nicht jeder Hinz und Kunz. Sie ist meine beste Freundin und …«

»Ach, und was ist mit Vanessa?«, fuhr Lucie dazwischen.

»Sie ist natürlich auch meine Freundin, aber …«

Lea brach ab. – Wozu rechtfertigte sie sich eigentlich?

»Du bist ja bloß neidisch«, knurrte sie.

Bums! Da war es heraus!

»Wenn du noch in unserer Klasse wärst, hättest du es Alina doch auch erzählt«, versuchte sie das Ganze ein wenig abzumildern, aber leider machte sie es damit nur noch schlimmer.

»Ja, du hast wirklich Glück gehabt«, blaffte Lucie. »Hätte Papa dich in die a gesteckt, wäre jetzt vielleicht *ich* Alinas beste Freundin.«

»Und hättest ihr dann unseren ganzen Familienkram erzählt, oder was?«, gab Lea zornig zurück.

Lucie kniff die Augen zu schmalen Schlitzen zusammen.

»Ist ja auch egal«, brummte sie.

Ach, auf einmal?

Lea schüttelte den Kopf. Dabei verstand sie ihre Schwester nur zu gut. An Lucies Stelle wäre sie auch sauer, traurig und verletzt gewesen. Es war gemein, dass ihr Vater sie auseinandergerissen hatte – und Lucie gegenüber zudem total ungerecht. Klar, Lea hatten die beiden Pausen mit Alina allein ziemlich gut gefallen, aber was nützte das, wenn Lucie und sie jetzt deswegen stritten?

»Wo ist überhaupt dein Klassenraum?«, fragte sie und trat vorsichtshalber einen Schritt zur Seite, falls ihre Schwester gleich wieder explodierte.

»Im Gang gegenüber«, erwiderte Lucie knapp. »Nummer 234.«

»Und wieso bist du in der Pause nicht rübergekommen?«, bohrte Lea weiter. »Dann hätten wir zusammen mit Alina …«

In Lucies Augen blitzte es.

»Alina ist *deine* Freundin, oder hab ich da was falsch verstanden?«, fauchte sie.

»Das stimmt«, sagte Lea und bemühte sich, ruhig und freundlich zu bleiben. »Es war von Anfang an so. Und eigentlich weißt du das auch.«

Schon möglich, dass es nicht gerade der beste Zeitpunkt war, um die Wahrheit auszusprechen, aber Lea wollte es jetzt hinter sich bringen.

Mit klopfendem Herzen musterte sie Lucie, die inzwischen die Arme vor der Brust gekreuzt hatte und mit vorgeschobener Unterlippe und finsterem Blick über die Dächer der parkenden Autos hinweg in die andere Richtung starrte.

Lea seufzte leise.

»Trotzdem haben wir uns zu dritt immer gut verstanden, oder?«, tastete sie sich behutsam vor. »Und daran muss sich doch auch nichts ändern.«

Lucie antwortete nicht, sondern verschränkte die Arme noch etwas fester und schmollte weiter vor sich hin.

»Du hättest in den Pausen wirklich rüberkommen können«, meinte Lea versöhnlich.

»Klar. Hätte ich«, gab Lucie achselzuckend zurück.

»Und wieso hast du's nicht gemacht?«

»Weil ich was anderes zu tun hatte«, entgegnete Lucie knapp.

Na, dann ist doch alles gut, lag es Lea auf der Zunge, doch sie verkniff es sich.

Erstens hätte Lucie ihr daraufhin garantiert lang und breit erklärt, was alles überhaupt nicht gut war, und zweitens ging es Lea total auf den Zwirn, dass ihre Schwester sich jeden Wurm einzeln aus der Nase ziehen ließ. Wenn sie nichts erzählen wollte, dann sollte sie es halt sein lassen. Die hohe Kunst des »Beleidigtseins« beherrschte Lea nämlich auch.

Und so wandte sie sich ab und starrte dermaßen angestrengt zum Hinterausgang des Schulgebäudes, als wollte sie ihren Vater heraushypnotisieren.

Wo er bloß so lange blieb? Mittlerweile standen Lucie und sie sich seit mindestens einer Viertelstunde die Beine in den Bauch. Hoffentlich hatte Johanna Knippke ihn nicht wieder in Beschlag genommen!

Ob Papa wohl auf blonde Wallehaare und rote Stöckelschuhe stand?

»Das interessiert dich eigentlich gar nicht, was?«, fragte Lucie nach einer Weile.

»Hä?« Lea fuhr zu ihr herum. Sie war so sehr in Gedanken bei ihrem Vater und der Referendarin gewesen, dass ihre Schwester und all das, worüber sie eben noch gesprochen hatten, komplett in den Hintergrund gerückt war. »Wovon redest du?«

»Von dem, was ich in den beiden Pausen zu tun hatte«, erwiderte Lucie.

In ihrem Blick lag etwas Herausforderndes, fast schon ein bisschen Angeberisches, fand Lea. Sooo furchtbar schlimm wie Lucie tat, schien es ihr also gar nicht ergangen zu sein.

»Natürlich interessiert es mich.«

»Okay.« Lucie grinste. »In der ersten Pause habe ich Rabatze getroffen. Er findet, dass ich Klassensprecherin der a werden sollte.«

»Wow!«, sagte Lea. »Und? Lässt du dich aufstellen?«

»Bin ich schon.«

»Was? Aufgestellt?«

»Nee.« Ein Grinsen zupfte an Lucies Mundwinkeln. »*Bin* ich schon.«

»Wow!«, sagte Lea noch einmal. »Echt?«

Jetzt grinste Lucie bis zu den Ohren, und das kleine Muttermal unter ihrem rechten Nasenflügel hüpfte auf und ab.

»Na, dann hast du bei deinen neuen Klassenkameraden wohl mächtig Eindruck geschunden«, meinte Lea.

»Ach, Quatsch!« Lucie winkte ab. »Ich hab mir bloß von Herrn Senfig nichts sagen lassen. Außerdem hatte eh keiner Lust auf dieses Amt. Ich glaube, meine neuen Klassenkameraden kümmern sich eher um sich selbst. Außer Toby natürlich.«

Lea horchte auf. »Wer ist denn das?«

»Bis gestern war er Miriams Stellvertreter und jetzt ist er meiner«, erklärte Lucie.

»Aha, okay.« Lea überlegte. »Sind die Klassensprecher nicht eigentlich gleichberechtigt?«

»Normalerweise ja«, bestätigte Lucie. »Aber Toby hat da wohl nicht so wahnsinnig viel Lust drauf.«

»Ach, und du schon?«, wunderte sich Lea.

»Na ja«, Lucie zuckte mit den Schultern, »irgendjemand muss es ja machen.«

Dass sie auf diese Weise noch mehr mit Rabatze zu tun haben würde als bisher, erwähnte sie nicht. Ihre Schwester hätte es sowieso nur in den falschen Hals bekommen.

»Dann hatte Miriam dieses Amt also vorher?«, vergewisserte Lea sich.

Lucie nickte. »Genau.«

»Und wieso wollte sie dann unbedingt die Klasse wechseln?«, bohrte Lea weiter. »Eigentlich müsste sie doch ziemlich beliebt gewesen sein.«

»Das weiß ich noch nicht«, gab Lucie nachdenklich zurück. »Irgendwas ist jedenfalls komisch in der a. Ich glaube, ich habe so ziemlich alle Stimmen bekommen. Dabei kennen die mich nicht mal.«

»Also, sie werden schon wissen, dass du die Tochter von Gerald von Leipnitz bist«, meinte Lea.

»Na und?«, entgegnete Lucie. »Papa unterrichtet doch überhaupt nicht dort.«

»Trotzdem«, hielt Lea dagegen. »Er ist ein Lehrer. Bestimmt denken deine neuen Klassenkameraden, dass du Einfluss auf ihn hast … und er wiederum auf andere Lehrer … oder den Direx … oder so.«

»Vielleicht ist ihnen aber auch alles egal«, sagte Lucie,

»und sie sind einfach bloß froh, dass irgendjemand den Klassensprecher-Job macht. Ich bin mir nicht mal sicher, ob sie Toby sonderlich mögen. Aber ich werde das alles schon noch herausfinden«, fügte sie zuversichtlich hinzu.

»Mhm.« Lea nickte. »Nach den Pfingstferien.« Sie deutete zum Hinterausgang. »Da ist er ja endlich, unser Butterkeks.«

Tortenalarm

Lea war froh, dass Lucies stinkstiefelige Laune sich verzogen hatte, denn Streit mit ihrer Schwester mochte sie genauso wenig wie Streit mit Alina, weil sie beiden nicht gut aus dem Weg gehen konnte. Mit Vanessa, die auf ihre ganz eigene Art noch etwas temperamentvoller war als Lucie, sah das schon etwas anders aus.

Mit ihr traf Lea sich tatsächlich nur zum Rollkunstlauf-Training oder wenn sie Spaß haben und die eher komplizierten Dinge des Alltags einfach mal für eine Weile vergessen wollte.

Vanessa bekam sehr viel mehr Taschengeld als Lea und Lucie und die meisten anderen Mädchen in ihrem Alter. Ihre Eltern waren vollzeitberufstätig und verdienten gut, und weil Vanessa keine Geschwister hatte, wurde sie ziemlich verhätschelt, wie Lea fand.

Wenn sie sich einen Pulli, ein Buch oder ein neues Handy wünschte, musste sie selten länger als ein paar Tage darauf warten. Meistens drückte ihr ihre Mutter ein paar Scheine extra in die Hand, damit sie sich die ersehnten Sachen selber kaufen konnte.

Wenn Lea mit ihrer Spaßfreundin unterwegs war, musste es immer nach deren Nase gehen, und Lea fügte sich auch fast immer in das vorgegebene Vanessa-Programm. Alles andere hatte sowieso keinen Sinn. Wenn Lea zum Beispiel auf einen bestimmten Kinofilm bestand, ihre Freundin aber partout einen anderen sehen wollte, gab es automatisch Streit, und sie trafen sich tage- oder manchmal auch wochenlang nicht. Lea verzichtete dann sogar auf das Rollkunsttraining. Ohnehin fand sie, dass sie nicht so wahnsinnig gut darin war.

Lucie konnte das überhaupt nicht verstehen. Sie fand Vanessa blöd und egoistisch und machte ihrer Schwester regelmäßig die Hölle heiß, wenn diese ihrer Ansicht nach wieder mal zu sehr nach Vanessas Pfeife tanzte.

Mittlerweile saßen sie in Gerald von Leipnitz' Auto und hatten die Hälfte des Heimwegs hinter sich gebracht. Und während ihr Vater laut und ziemlich falsch das Lied mitpfiff, welches gerade im Radio gespielt wurde, sah Lucie schweigend zum Seitenfenster hinaus.

»Ich habe überhaupt keine Lust auf Ferien«, platzte es plötzlich aus ihr heraus.

Das Pfeifen verstummte, und Gerald von Leipnitz musterte seine Tochter besorgt durch den Rückspiegel.

»Aber sonst ist hoffentlich alles in Ordnung mit dir?«, erkundigte er sich.

»Sie ist jetzt Klassensprecherin«, sagte Lea.

Lucie streckte ihr die Zunge heraus.

»Halt bloß die Klappe«, zischte sie.

»Wieso denn?«, verteidigte sich Lea. »Klassensprecher sein ist doch was Tolles.«

»Das finde ich auch«, erklärte ihr Vater und fing wieder an zu pfeifen.

»Er erfährt es doch sowieso«, raunte Lea ihrer Schwester zu.

»Ja, ja …«

Lucie winkte ab. All das konnte Papa ruhig wissen. Ihr ging es vor allem um Rabatze, denn ihr war eingefallen, dass einige Familien während der Pfingstferien in den Urlaub fuhren. Manche sogar noch lieber als im Sommer, weil im Frühjahr Flüge, Hotelzimmer und Ferienapartments sehr viel günstiger waren als zur Hauptsaison im Juli oder August. Und Rabatzes Familie war ja vielleicht genau so eine.

Außerdem wollte Lucie so schnell wie möglich herausfinden, was mit Miriam los war.

»Geht bei dir eigentlich das Rollkunstlaufen weiter?«, fragte sie.

»In den Ferien?«, hakte Lea nach, und als Lucie nickte, nickte sie ebenfalls. »Glaub schon. Aber ich kann Vanessa ja mal fragen«, schlug sie vor und holte ihr Handy raus.

Weißt du, ob wir nächste Woche Training haben?, schrieb sie an Vanessas Nummer.

Klar, kam es prompt zurück. **Wieso denn nicht?**

Wegen der Ferien, antwortete Lea.

Frau Rensen fährt nicht weg, erwiderte Vanessa. **Das hat sie doch letzte Woche noch ausdrücklich betont. Das Training findet statt. Allein schon wegen der Aufführung im Sommer.**

Ach herrje, die Aufführung! Lea seufzte. An die mochte sie gar nicht denken. Für Vanessa war das alles natürlich überhaupt kein Problem. Was das Rollkunstlaufen betraf, war sie einfach ein Naturtalent, und im Gegensatz zu Lea freute sie sich wie Bolle auf die Wettkämpfe und jede neue Herausforderung.

»Was ist los mit dir?«, wollte Lucie wissen.

Lea kniff die Mundwinkel ein. »Nix.«

»Wie nix?«

»Rollkunst findet statt«, sagte Lea knapp.

»Na, das ist doch nicht nix«, brummte Lucie.

Lea seufzte noch einmal.

»Hauptsache, es hilft dir weiter.«

Lucie zog eine Schnute und schüttelte den Kopf.

»Nee, tut es nicht.«

»Wieso hast du dann überhaupt gefragt?«

»Ach, ich weiß auch nicht.«

Lucie ließ ihren Kopf gegen die Kopfstütze sinken und schloss die Augen.

»Das klingt gefährlich nach Langeweile«, meldete sich Gerald von Leipnitz zu Wort. »Vielleicht habt ihr tatsächlich zu oft Ferien.«

»Klar«, knurrte Lucie leise. »Du kannst uns ja ein paar Matheaufgaben stellen, damit unsere Gehirne nicht einrosten.«

Ihr Vater drosselte das Tempo. Dann setzte er den Blinker und ordnete sich in die Abbiegerspur ein, um den Wagen in die Obstbaumsiedlung zu steuern.

»Das wäre eine Überlegung wert«, meinte er. »Ich glaube allerdings, eure Mutter und ich haben eine bessere Idee.«

Lea und Lucie sahen sich an. Was hatte das nur wieder zu bedeuten? Wollten die Butterkekse etwa mit ihnen verreisen?

»Was denn für eine Idee?«, fragte Lea und umschloss fest ihre beiden Daumen. – Bitte! Bitte! Bitte!

Das Herz klopfte ihr bis zum Hals.

Wenn ihre Eltern wirklich einen gemeinsamen Urlaub planten, dann konnte das eigentlich nur bedeuten, dass ihre miesepetrige Hochzeitstagslaune inzwischen Schnee von gestern war – und zwar im wahrsten Sinne des Wortes.

»Das ist eine Überraschung«, antwortete Gerald von Leipnitz.

»Okaaayyy«, sagte Lucie gedehnt. »Und wann erfahren wir …?«

»Vermutlich heute Abend«, fiel ihr Vater ihr ins Wort.

Lucie rollte genervt mit den Augen.

Wenn sie etwas auf den Tod nicht leiden konnte, war es, von jemandem auf die Folter gespannt zu werden. Es machte sie total kribbelig und fühlte sich immer ein bisschen so an, als würden Ameisen durch ihre Blutbahnen spazieren. – Tja, Geduld war eben noch nie Lucies Stärke gewesen!

»Und wieso verrätst du es uns nicht gleich?«, drängelte sie.

»Weil es die Idee deiner Mutter war«, erwiderte Gerald von Leipnitz. »Sie wird es euch nachher sagen.«

Oha! Lea und Lucie tauschten einen Blick. War besagte Überraschung vielleicht der Grund dafür, weshalb Mama heute Morgen bereits so früh die Wohnung verlassen hatte?

Ob ihre Schwester wohl das Gleiche hoffte wie sie?, überlegte Lea.

Eine Familienreise wäre sooo toll! Lucie machte allerdings keinen besonders unternehmungslustigen Eindruck. Komisch, komisch. – So schlapp und übellaunig hatte Lea sie schon lange nicht mehr erlebt. Anscheinend hatte ihr der erzwungene Klassenwechsel doch weitaus mehr zugesetzt, als sie zugeben wollte. Oder lag ihr etwa was ganz anderes auf der Seele?

Als Lea und Lucie hinter ihrem Vater in die Diele traten, stand Rosanna von Leipnitz mit zusammengezogenen Augenbrauen vor dem Garderobenspiegel und telefonierte.

Beim Anblick ihrer Töchter hellte sich ihre Miene kurz auf, dann seufzte sie leise, machte eine unwillige Geste und entfernte sich mit schnellen Schritten in Richtung Elternschlafzimmer.

»Was ist denn los mit ihr?«, fragte Lea verwundert.

Ihr Vater hängte sein Schlüsselbund an das Board neben der Wohnungstür.

»Das wüsste ich selber gerne«, gab er ratlos zurück. »Vermutlich etwas Geschäftliches«, meinte er dann, straffte die Schultern und steuerte auf die Küche zu. »Das Beste ist wohl, wenn ich mich jetzt erst mal um unser Mittagessen kümmere.«

»TOOORTEN-AAALAAARRRM!«, krakeelte Punkt-um aus dem Wohnzimmer.

Lea und Lucie zuckten zusammen. Sie sahen sich an und prusteten los. Was hatte der Papagei denn da wieder aufgeschnappt?

»Ganz bestimmt nicht!«, rief Lucie. »Bei uns hat es noch nie Kuchen zum Mittagessen gegeben.«

»Außer an Geburtstagen«, schränkte Lea ein.

Oder an Hochzeitsjubiläen, fügte sie im Stillen hinzu.

»Vielleicht meint er Opa Pistorix' Trümmertorte«, sagte Lucie, als hätte sie die Gedanken ihrer Schwester erraten.

Lea nickte. Schon möglich.

Im selben Moment schwang die Schlafzimmertür auf und ihre Mutter kam heraus.

»Hast du Ärger im Laden?«, fragte Lea.

»Wie bitte?« Rosanna von Leipnitz runzelte die Stirn. Sie wirkte ein wenig abwesend. Offensichtlich war sie mit ihren Gedanken noch ganz woanders. »Nein, nein«, meinte sie schließlich und winkte ab. »Dort ist alles in Ordnung ... Soweit jedenfalls ...« Sie strich ihren Töchtern flüchtig über die Wange. »Wo steckt denn eigentlich euer Vater?«

»Er wollte sich um das Mittagessen kümmern«, antwortete Lea. »Wieso?«

»Äh ... nur so«, entgegnete ihre Mutter, beschleunigte ihren Schritt und verschwand ebenfalls in der Küche.

Lea und Lucie folgten ihr auf dem Fuß, doch ehe sie ihre Zehen über die Schwelle setzen konnten, hatte Rosanna von Leipnitz die Tür bereits hinter sich zugedrückt.

Wäre Lucie nicht in letzter Sekunde zurückgewichen, hätte sie sie glatt vor die Nase bekommen.

»Verflucht!«, schimpfte sie. »Was geht denn hier ab?«

»TOOORTEN-AAALAAARRRM!«, brüllte der Papagei mit einer unbekannten Männerstimme aus dem Wohnzimmer.

»Bestimmt hat es mit dieser ominösen Überraschung für uns zu tun«, spekulierte Lea. »Komm, wir kuscheln ein bisschen mit Punkt-um«, forderte sie ihre Schwester auf. »Vielleicht verrät er uns was.«

»Das glaubst du ja wohl selber nicht«, brummte Lucie, steuerte auf die Küche zu und legte ihr Ohr an die Tür.

»Na, hör mal!«, protestierte Lea. »Du kannst doch nicht einfach unsere Eltern belauschen!«

»Und wie ich das kann«, wisperte Lucie. »Da drin geht nämlich ganz schön die Post ab.«

Lea schluckte. »Heißt das, sie streiten sich?«

»Aber hallo! Da würde ich mal meinen Allerhintersten drauf verwetten«, knurrte Lucie und zog eine Grimasse.

Lea trat dicht an sie heran.

»Und?«, wollte sie wissen. »Kannst du verstehen, worum es geht?«

»Pssst!«

Lucie presste einen Finger gegen ihre Lippen und schloss die Augen, um sich besser auf das, was in der Küche gesprochen wurde, konzentrieren zu können.

In der Tat lieferten sich die Butterkekse ein Wortgefecht, das sich gewaschen hatte. Wie schnelle, zischende Pfeile flogen die Sätze zwischen ihnen hin und her. Nur leider redeten sie so leise miteinander, dass Lucie keine einzige, auch noch so klitzekurze, Silbe verstehen konnte.

»Nee, blöderweise nicht«, stöhnte sie und riss die Augen wieder auf. »Was in der Küche abgeht, ist der reinste Flüsterzoff.«

»Klar.« Lea schob frustriert die Unterlippe vor. »Mama und Papa können sich ja denken, dass wir ihnen hinterherspionieren.«

»Um ein Familienvergnügen geht es dabei jedenfalls nicht«, presste Lucie hervor. »Na ja, zumindest hoffe ich, dass die Butterkekse sich nicht wegen unserer Überraschung in die Wolle gekriegt haben.«

»Ehrlich gesagt, wäre mir das hunderttausendmal lieber, als wenn sie sich wegen Johanna Knippke streiten«, erwiderte Lea. »Vielleicht war Mama ja gar nicht wegen unserer Überraschung unterwegs, sondern wegen der Referendarin. Verdammt, wir müssen endlich was dagegen unternehmen«, beschwor sie ihre Schwester. »Ich habe nämlich keine Lust mehr, noch länger zuzuschauen, wie diese blöde Kuh ihre Ehe kaputt macht«, setzte sie mit wackelweicher Stimme hinzu.

»Denkst du etwa, ich?«, gab Lucie zurück. »Und stell dir vor, ich habe sogar schon eine Idee, wie wir die Kuh vom Eis kriegen.«

»Ach ja?«, staunte Lea. »Und wie?«

»Das verrate ich dir später«, gab ihre Schwester zurück.

Lea verdrehte die Augen. »Och nööö!«

»Wenn wir allein sind«, betonte Lucie.

»Das sind wir doch!«

»Aber vielleicht nicht mehr lange«, wandte Lucie ein und deutete zur Küchentür. »Merkst du was?«

»Ähm …?« Lea schüttelte den Kopf. »Nö.«

»Es ist leiser geworden«, half Lucie ihr auf die Sprünge. »Die Butterkekse haben ihren Streit beendet.«

»Oder unterbrochen«, hielt Lea dagegen.

»Wie auch immer«, meinte Lucie. »Wir machen es jetzt so, wie du vorgeschlagen hast, verziehen uns ins Wohnzimmer … und unterhalten uns ein wenig mit Punkt-um.«

Die Schwestern gaben sich alle Mühe, doch aus dem Papagei war nichts herauszubekommen.

»Tortenalarm«, säuselte er – mal mit Rosanna und mal mit

Gerald von Leipnitz' Stimme – und wanderte dabei wichtigtuerisch auf seiner Stange hin und her.

»Was für eine Torte?«, fragte Lea.

Punkt-um neigte seinen Kopf zur Seite und beäugte die Zwillinge skeptisch.

»Alle Mann raus hier!«, krakeelte er dann und schlug wie wild mit den Flügeln.

»Erst wenn du uns verrätst, mit wem Mama heute Torte gegessen hat«, stellte Lucie zur Bedingung.

»Das ist Erpressung«, sagte Lea.

Sie öffnete die Käfigklappe, schob ihre Hand hindurch und kraulte Punkt-um am Hals. Augenblicklich fing der Papagei an zu schnurren.

»Ts, wo er sich das wohl abgehört hat!«, murmelte Lucie.

»Na, aus der Katzenfutterwerbung natürlich«, erwiderte Lea grinsend. »Du weißt doch, wie schlau er ist.«

»Ach was«, entgegnete Lucie unwillig. »Nachplappern kann jeder.«

»Jawoll!«, bestätigte Punkt-um. »Guten Tag, meine sehr verehrte Dame«, fuhr er mit tiefer Stimme fort. »Mein Name ist Kohlrabi Weckle.«

»Nee, oder?«, kicherte Lucie. »Kohlrabi Weckle. Das ist ja wohl ein Witz!«

»Und schon wieder hat Punkt-um mit dieser komischen Männerstimme gesprochen«, warf Lea nachdenklich ein.

»Mhm.« Lucie schürzte die Lippen. »Er klingt wie ein Politiker … ein Talkmaster … oder ein Staubsaugervertreter!«

»Namens Kohlrabi Weckle?« Lea tippte sich kichernd an die Stirn. »Was auch immer er macht, besonders erfolgreich ist er damit garantiert nicht. Auch wenn es sich dabei nur um irgendeine dusselige Fernsehwerbung handelt.« Ihre Miene verfinsterte sich. »Vielleicht war aber auch jemand hier …«

»Ein Mann?«

»Ja, oder eine Frau mit besonders tiefer Stimme.«

Lucie lachte laut heraus. »Wer soll denn das gewesen sein?« Sie schüttelte den Kopf.

»Vielleicht ein echter Staubsaugervertreter. Einer aus Fleisch und Blut«, überlegte Lea.

»Jap.« Ihre Schwester nickte. »Oder Mama hat auch einen Liebhaber.«

Lea schnappte geräuschvoll nach Luft.

»Was heißt denn hier auch? Wir waren uns doch einig, dass Papa und Johanna Knippke noch gar nichts miteinander haben, sondern …«

»Du meinst wohl, Alina und du seid euch einig gewesen«, fuhr Lucie dazwischen.

»Jetzt fang bitte nicht wieder damit an«, brummte Lea.

»Klar.« Lucie ließ sich aufs Sofa fallen und kreuzte schmollend die Arme vor der Brust. »Wenn du aufhörst, so biedertantig daherzureden …«

Auf Leas Gesicht breitete sich Empörung aus.

»Na hör mal …«

»Ich höre sehr gut«, bemerkte Lucie. »Im Gegensatz übrigens zu dem da«, fuhr sie fort und deutete auf den Papageienkäfig.

»Jawoll!«, krakeelte Punkt-um und knabberte zärtlich an Leas Fingern. »Mein Name ist Kohlrabi Weckle, und ich komme in einer eher unfreundlichen Belegenheit.«

»Das heißt Angelegenheit, du Blödkopp«, wies Lucie den Papagei zurecht.

»Erpressung!«, schimpfte Punkt-um.

»Beleidigung!«, korrigierte Lucie ihn.

»Tortenalarm«, zwitscherte Punkt-um, legte den Kopf schief und sah Lucie treuherzig an.

»Ach, vergiss es«, erwiderte sie. »Ich glaube dir sowieso kein Wort.«

»Ich schon«, sagte Lea. »Wenn dieser Kohlrabi Weckle, oder wie auch immer er heißt, nicht aus einer Fernsehsendung stammt, sondern tatsächlich hier in der Wohnung war, kann er zumindest nicht Mamas Liebhaber sein.«

Lucie zog die Augenbrauen zusammen.

»Und wieso nicht?«, wollte sie wissen.

»Weil der erstens nicht in einer unfreundlichen Belegenheit …«

»Angelegenheit!«

»Ja, Mann!«, stöhnte Lea.

»Und zweitens?«, bohrte Lucie weiter.

»… er Mama wohl kaum gesiezt hätte«, erklärte Lea. »Und jetzt behaupte bloß nicht, Punkt-um hätte sich die Siezerei und die unfreundliche Belegenheit nur ausgedacht. So schlau ist er nämlich wirklich nicht.«

»Okay«, sagte Lucie.

Das klang einleuchtend.

»Aber wer, zum doppelt und dreifach gefalteten Teufelsknoten noch mal, ist dieser Kohlrabi Weckle dann?«, setzte sie mehr zu sich selbst hinzu, während sie nach der Fernsehzeitung griff und den Zeigefinger über die Programmspalten gleiten ließ. »Mal sehen, was für eine Sendung Mama heute Vormittag geguckt haben könnte …«

»Tortenalarm«, flüsterte Punkt-um Lea zu.

Im selben Moment wurde die Wohnzimmertür geöffnet, und ihre Eltern kamen herein.

Geheimsache »Butterkeks«

Lea sank das Herz in die Hose, als sie die ernsten Mienen der Butterkekse sah. Hastig zog sie ihre Hand aus dem Papageien-Käfig, schloss die Klappe und setzte sich neben ihre Schwester aufs Sofa.

»Hallo, meine Schätzchen«, begann Rosanna von Leipnitz. »Das Essen ist in zehn Minuten fertig.« Sie lächelte ein wenig zerknirscht. »Ich hoffe, ihr seid nicht allzu hungrig.«

»Geht schon«, sagte Lucie knapp. »Und sonst?«

»Was meinst du damit, mein Engel?«, fragte ihr Vater.

»Na, du weißt schon«, erwiderte Lucie ohne Umschweife. »Überraschungstechnisch. Und wieso Mama heute Morgen nicht zu Hause war.«

»Erzähl du doch zuerst mal, wie es dir in deiner neuen Klasse ergangen ist«, erwiderte ihre Mutter.

Sie ließ sich in einem der beiden Sessel nieder und strich ihren Rock glatt – was sie nur tat, wenn sie besonders nervös war.

»Ganz okay«, antwortete Lucie.

Rosanna von Leipnitz lächelte bemüht.

»Papa hat erzählt, dass sie dich zur Klassensprecherin gewählt haben.«

»Aha«, brummte Lucie. »Du weißt also schon alles. Wieso fragst du dann überhaupt?«

Ihr Vater bedachte sie mit einem finsteren Blick, unter dem Lucie ein wenig zusammenzuckte, und den sie schließlich zerknirscht erwiderte. Logisch war ihr klar, dass sie sich im Ton vergriffen hatte. Aber dieses dämliche Um-den-heißen-Brei-Herumtasten ging ihr nun mal mächtig auf den Keks. Warum sagten ihre Eltern nicht einfach geradeheraus, was sie von ihr und ihrer Schwester wollten?

»Alles weiß ich natürlich nicht«, entgegnete Rosanna von Leipnitz milde. »Aber ich bin froh, dass dir der Wechsel offenbar gut bekommen ist.«

»Na ja … wie man's nimmt«, meinte Lucie und seufzte extra theatralisch. »Meine alten Klassenkameraden fehlen mir schon. Vor allem Lea und Alina.«

Auf keinen Fall sollten die Butterkekse zu der Überzeugung kommen, dass solche Aktionen sich beliebig oft wiederholen ließen. Doch wie es schien, hatten sie genau das vor.

»Ja also …«, startete Rosanna von Leipnitz aufs Neue und strich sich abermals über den Rock, obwohl dieser nicht die klitzekleinste Falte aufwies. »Wir haben uns nämlich für die Ferien etwas Besonderes ausgedacht.«

Prompt flutschte Leas Herz vom Hosengrund in ihre Brust zurück und fing wie wild zu pochen an.

»Ihr wollt verreisen!«, platzte es aus ihr heraus. »Und zwar mit uns … also, wir alle … Oder?«

»Nun ja … Es wäre wirklich sehr schön, wenn wir mal wieder zu viert verreisen könnten«, erwiderte Gerald von Leipnitz. »Aber so kurzfristig lässt sich das leider nicht einrichten.«

Lea schluckte. Sie umklammerte den Unterarm ihrer Schwester, die unruhig auf dem Sofa hin und her rutschte.

»Eure Mutter muss sich um den Blumenladen kümmern«, fuhr ihr Vater unterdessen fort, und Rosanna von Leipnitz nickte eifrig dazu.

»Gerade in den Pfingstferien ist immer besonders viel los«, erklärte sie. »Viele meiner Kunden nutzen diese Zeit, um ihren Garten zu verschönern. Außerdem stehen einige Hochzeiten an, und leider hat meine Halbtagskraft Helene Siepmann bereits Urlaub angemeldet.« Sie hob bedauernd die Schultern. »Ich kann also unmöglich weg.«

»Und was ist mit dir?«, fragte Lea ihren Vater.

»Ich … Ja, also ich …«

Gerald von Leipnitz schürzte die Lippen. Er schob die Hände in seine Hosentaschen und spazierte vor dem Wohnzimmerschrank auf und ab. Wahrscheinlich sollte es lässig wirken, Lucie und Lea empfanden es jedoch als ziemlich verkrampft und waren natürlich sofort alarmiert.

»Du hast eine ganze Woche Ferien«, sagte Lucie. »Genau wie wir.«

»Das ist ein Trugschluss.« Gerald von Leipnitz hielt abrupt in seiner Bewegung inne. »Ihr Schüler habt Ferien, wir Lehrer aber nicht. Ich muss bis übernächsten Montag eine Klassenarbeit und eine Oberstufenklausur korrigieren. Außerdem habe ich noch einiges an Unterrichtsvorbereitung zu treffen. Vermutlich werde ich in der kommenden Woche mehr Stunden in der Schule verbringen als zu Hause.«

Lea merkte, wie sich in ihrem Hals ein dicker Kloß bildete.

»Ist es wegen Johanna Knippke?«, presste sie ein wenig undeutlich hervor.

»Natürlich werde ich die unterrichtsfreie Zeit auch dazu

nutzen, mich ausführlich mit ihr über die nächsten Themengebiete zu besprechen«, gab ihr Vater freimütig zurück.

Rosanna von Leipnitz horchte auf.

»Wer ist Johanna Knippke?«, wollte sie wissen.

»Eine Referendarin«, antwortete Lea. »Wir haben sie gerade in Mathe.«

»Ach so«, sagte ihre Mutter.

»Sie ist übrigens ziemlich jung und sehr hübsch«, warf Lucie ein.

»Die meisten Referendare sind jung«, entgegnete Gerald von Leipnitz ein wenig gereizt. »Das liegt daran, dass sie am Anfang ihrer Ausbildung stehen.«

»Aber nicht alle sind hübsch«, beharrte Lucie.

»Das ist ja zum Glück auch keine Voraussetzung, um Lehrer werden zu können«, erwiderte ihr Vater schmunzelnd. »Ein Hindernis ist es allerdings auch nicht.«

»Pfff«, machte Lucie und fixierte ihre Mutter verstohlen aus dem Augenwinkel.

Rosanna von Leipnitz wirkte kein bisschen irritiert. Im Gegenteil: Sie lächelte.

»Ihr wollt doch jetzt nicht allen Ernstes über die Schule sprechen?«, meinte sie kopfschüttelnd. »So kurz vor den Ferien! Reden wir lieber über die Überraschung, die wir uns für euch ausgedacht haben.«

Lea seufzte leise. Mittlerweile war sie auf alles gefasst.

»Okay«, sagte Lucie. »Dann lass mich raten: Ihr habt eine Dauerkarte fürs Schwimmbad besorgt.«

Wieder schüttelte ihre Mutter den Kopf.

»Viel besser«, erwiderte sie und jetzt lächelte sie richtig breit.

»Aber es hat mit Schwimmen zu tun?«, vergewisserte sich Lea.

Gerald von Leipnitz nickte. »Auch.«

Lucie runzelte die Stirn. »Aber nicht nur?«

Ihr Vater reckte den Daumen hoch.

»Warum sagt ihr es nicht einfach?«, brummte Lea.

Sie hatte keine Lust zu raten, sondern wollte lieber gleich wissen, woran sie war.

»Kein Problem«, gab Rosanna von Leipnitz zurück. Triumphierend wanderte ihr Blick zwischen ihren Töchtern hin und her. »Wir haben für euch eine Woche Fun-Park gebucht. Und zwar ab übermorgen.«

»Sie wollen uns loswerden, wetten?«, orakelte Lea, nachdem sie und ihre Schwester sich in ihr Zimmer verzogen hatten.

»Was sonst?«, knurrte Lucie.

Lea ließ sich rücklings auf ihr Bett fallen und knabberte an ihrer Unterlippe, während sie zur Decke starrte.

»Sie werden klammheimlich ihre Trennung vorbereiten und uns die Scheidungspapiere unter die Nase halten, sobald wir von unserem Fun-Trip zurück sind«, führte Lucie die Prophezeiung ihrer Schwester fort.

»Glaub ich nicht«, sagte Lea. »Schon klar, die Butterkekse verhalten sich total merkwürdig, aber so weit, dass sie sich trennen, sind sie garantiert noch lange nicht. Dafür müssten sie viel mehr streiten.«

»Irrtum«, widersprach Lucie sofort. »Eltern lassen es sich

nämlich nicht anmerken, wenn etwas zwischen ihnen nicht stimmt, weil sie ihre Kinder schonen wollen. Das kann man in jedem Ratgeber nachschlagen.«

»Ts«, machte Lea. »Seit wann liest du denn Ratgeber?«

»Tu ich gar nicht«, entgegnete Lucie. »Aber ich habe mich im Internet informiert.«

Lea schoss in die Höhe wie ein Stehaufmännchen.

»Und damit kommst du erst jetzt raus?«, warf sie ihrer Schwester vor.

»Na ja, ich wollte dich nicht beunruhigen«, meinte Lucie schulterzuckend. Sie hatte sich wie üblich im Schneidersitz auf den Boden gehockt und zupfte an Leas Flickenteppich herum. »Außerdem war es auch nicht gerade wahnsinnig aufschlussreich.«

Lea sackte in sich zusammen und kniff die Mundwinkel ein.

»Denkst du denn, dass Mama und Papa sich wirklich schon total zerstritten haben und nur noch so tun, als ob alles in Ordnung ist?«, fragte sie vorsichtig.

»Nein. Aber ich bin sicher, wir dürfen nicht ruh'n, sondern müssen endlich etwas tun«, dichtete Lucie. Ihr Blick schweifte zur Regalwand hinüber. »Und zwar Johanna Knippke mit jemand anderem verkuppeln!«, stieß sie plötzlich hervor.

»Das hat Alina auch schon vorgeschlagen«, erwiderte Lea und wedelte ungeduldig mit den Händen herum. »Aber das können wir vergessen.«

»Wieso denn das?«

»Weil wir auf die Schnelle niemanden finden, natürlich!«, argumentierte Lea.

»Also ich wüsste da schon jemanden«, gab Lucie mit einem triumphierenden Grinsen zurück.

»Ach ja?« Lea musterte ihre Schwester skeptisch. »Und wen?«

»Diesen Blumenboten!«, platzte Lucie heraus.

»Hä?« Lea wand sich wie ein Fragezeichen. »Welchen Blumenboten?«

»Na der, der Oma Billies Blumenstrauß für die Butterkekse zu Opa Pistorix gebracht hat!«, rief Lucie

»Wie kommst du denn jetzt auf den?«, wunderte sich Lea.

»Keine Ahnung.« Lucie zog ihre Schultern bis zu den Ohren hoch. »Irgendwie hat es da oben plopp gemacht«, erwiderte sie und tockte sich gegen die Schläfe. »Und plötzlich grinste dieser Blumenmann mich an.«

Lea krauste die Stirn. »Einfach so? Aus heiterem Himmel?«

»Na ja, wahrscheinlich hat mein Gehirn ein paar Infos verknüpft und …«

»Dein Gehirn?« Jetzt schüttelte Lea den Kopf. »Dein Gehirn ist doch kein Computer!«

»Aber klar ist es das«, gab Lucie zurück. »Jedenfalls so was Ähnliches. Nur viel komplizierter natürlich. Es arbeitet im Hintergrund und verbindet dabei klammheimlich alle Informationen«, erklärte sie.

»Hihi«, kicherte Lea, obwohl ihr eigentlich überhaupt nicht nach Lachen zumute war. Aber die Vorstellung, dass Lucies Gehirn nicht im Vorder-, sondern im Hintergrund arbeitete, fand sie schlichtweg zu komisch.

»Und es hat recht«, fuhr Lucie inzwischen fort. »Dieser

Blumentyp ist im passenden Alter und gut ausschau'n tut er auch.«

Lea zog eine Grimasse. »Findest du?«

»Jap«, sagte Lucie.

Mit seinem dunklen Haar und den braunen Augen hatte dieser Typ sogar ein wenig Ähnlichkeit mit Rabatze. Im Grunde war er viel zu schade für eine solch hinterlistige Olga wie diese Johanna Knippke. Doch in diesem Fall musste man nun mal Prioritäten setzen. Besser, sie küsste den Blumenboten als Papa.

»Okay, und wie sollen wir das anstellen, wenn wir die ganze nächste Woche gar nicht hier sind?«

Dieser Umstand schien Lea sehr viel bedeutsamer zu sein, als die Frage, ob der Blumentyp nun gut aussah oder nicht. Über Geschmack ließ sich bekanntlich streiten. Außerdem war sie in solchen Dingen nun echt keine Expertin. Letztendlich würde er der Referendarin gefallen müssen. Allein darauf kam es an.

»In einer Woche kann sooo wahnsinnig viel passieren«, setzte sie hinzu. »Das ist dir hoffentlich klar.«

»Allerdings«, grummelte Lucie. »Und deshalb müssen wir jetzt genau nach Plan vorgehen.«

»Mhm«, machte Lea. »Fragt sich bloß, nach welchem.«

Ihre Schwester antwortete nicht. Stattdessen zückte sie ihr Smartphone und tippte darauf herum.

»Was machst du denn da?«, wollte Lea wissen.

Sie ließ sich neben Lucie auf den Boden hinunter und versuchte, einen Blick auf das Display zu erhaschen.

»Was suchen«, entgegnete die Schwester knapp.

»Aha … Und was?«

Wieder reagierte Lucie nicht, sondern wischte weiter hektisch auf dem Handy herum.

»Hier!«, rief sie plötzlich. »Ich hab's! Fun-Park *Schönerheide* … Mann, der ist ja ganz neu. Hat gerade erst eröffnet und soll jede Menge tolle Angebote haben. Und was das Beste ist: Dieser Freizeitpark liegt nur fünfunddreißig Kilometer von uns entfernt!«, jubelte sie.

»Nur?«, brummte Lea.

Für sie machten fünfunddreißig und dreihundertfünfzig Kilometer keinen großen Unterschied aus. So oder so lag dieser Fun-Park, in den die Butterkekse sie ausquartieren wollten, gefühlt am anderen Ende der Welt.

Lucie dagegen sprühte geradezu vor Begeisterung und scrollte sich munter durch die Seiten, bis sie Angaben zu den verschiedenen Anreisemöglichkeiten fand.

»Von uns aus fährt ein Flixbus«, verkündete sie.

»Ich glaube nicht, dass wir damit fahren sollen«, erwiderte Lea. »Papa bringt uns garantiert persönlich dorthin.«

»Das meine ich nicht«, gab Lucie ungeduldig zurück.

»Sondern?«, fragte Lea, in derselben Sekunde gingen in ihrem Oberstübchen sämtliche Lampen an. »Aaah!«, rief sie und klatschte sich mit der Hand gegen die Stirn. »Wie oft fährt denn dieser komische Flixbus?«

»Der ist nicht komisch«, klärte Lucie ihre Schwester auf. »Das ist der Firmenname von einem Fernbus-Unternehmen. Er fährt immer mittwochs, freitags, samstags und sonntags. Morgens hin und abends wieder zurück. Ist doch super! Da können wir einfach mal für einen Tag hierherkommen.«

»Eben nicht«, grummelte Lea.

»Hä? Wieso?«

»Weil wir einen Abendbus nehmen, die Nacht irgendwo verbringen und gleich am nächsten Morgen schon wieder zurückfahren müssten«, erklärte Lea.

»Hä?« Lucie schüttelte verständnislos den Kopf. »Wieso?«

Lea deutete auf das Smartphone.

»Du hast doch gerade eben selbst vorgelesen, dass der Bus von dort nach Hause nur abends fährt«, half sie ihrer Schwester auf die Sprünge.

Nun war es Lucie, die sich so fest gegen die Stirn schlug, dass sie fast hintenüberkippte.

»Verflixt, du hast recht!«, stöhnte sie.

»Diesen Plan können wir also vergessen«, betonte Lea.

»Nicht unbedingt«, meinte Lucie, während sie Leas Regalwand fixierte und sich grübelnd an der Nase kratzte. »Du könntest bestimmt bei Vanessa schlafen. Oder bei Alina.«

»Ach, dann soll ich die Kuppelei also alleine einfädeln, oder wie?«, gab Lea voller Empörung zurück.

»Natürlich sollst du das nicht«, beruhigte Lucie ihre Schwester. »Dann fahren wir eben beide. Du pennst bei Alina und ich bei Vanessa.«

»Wie soll das denn gehen?«, erwiderte Lea. »Ausgerechnet du und Vanessa! Wo ihr euch doch so gut leiden könnt!«

»Keine Sorge«, gab Lucie zurück. »Sie wird gar nicht merken, dass ich es bin.«

Lea stutzte kurz, und als sie schließlich begriff, wie ihre Schwester das meinte, lachte sie laut heraus.

»Du glaubst doch nicht allen Ernstes, dass Vanessa es nicht

merkt, wenn wir die Rollen tauschen, und du an meiner Stelle bei ihr übernachtest?«

Lucie nickte eifrig.

»Und wie ich das glaube. Wetten, dass ich besser du sein kann als du selbst?«

»Hahaha«, machte Lea nur, stand vom Boden auf und warf sich wieder auf ihr Bett. »Sobald du auch nur ein klitzekleines bisschen mehr ich bist als ich, checkt Vanessa das schneller, als du einen Handstand machen kannst. Abgesehen davon haben wir ja noch nicht mal einen richtigen Plan.«

»Dann denk dir doch endlich mal was aus«, blaffte Lucie. »Schön reden und alles besser wissen kann ich auch.«

Mit diesen Worten erhob sie sich ebenfalls und steuerte auf die Tür zu.

»Warte mal«, sagte Lea leise. »Ich will keinen Streit. Nicht schon wieder.«

»Ich doch auch nicht«, murmelte Lucie. Sie drehte sich um und musterte ihre Schwester mit ernstem Blick. »Wir sollten zusammenhalten, finde ich.«

Lea schluckte und nickte.

»Stimmt«, krächzte sie. »Schließlich ist es eine Familienangelegenheit.«

»Eine äußerst ernste Familienangelegenheit«, bekräftigte Lucie. »Und wir werden sie lösen.«

Wieder nickte Lea.

»Wenn einer von uns etwas dazu einfällt, sagt sie es der anderen«, fuhr Lucie fort. »Und zwar auf der Stelle.«

»Okay«, willigte Lea ein. Sie hob die Hand, damit ihre Schwester einschlagen konnte, aber Lucie war noch nicht fertig.

»Wir reden mit niemandem sonst darüber«, stellte sie weiter zur Bedingung. »Weder mit unseren Freunden noch mit Opa Pistorix oder Oma Billie.«

Lea nickte zum dritten Mal.

»Einverstanden«, sagte sie. »Geheimsache Butterkeks«, fügte sie mit einem zaghaften Lächeln hinzu.

In Lucies Augen blitzte es übermütig.

»Geheimsache Butterkeks«, erwiderte sie grinsend. »Cooles Codewort! Abkürzung GB.«

Sie machte einen großen Schritt auf Leas Bett zu, und die Schwestern stießen ihre Fäuste gegeneinander.

Ab sofort zogen sie an einem Strang. Und das fühlte sich verdammt gut an.

Ausquartiert

Anderthalb Tage vergingen, ohne dass Lea und Lucie etwas einfiel.

Lediglich das Motto »Geheimsache Butterkeks« wurde um das Schlagwort »Doppelstrategie« erweitert. Diesen Begriff hatte Lea ins Spiel gebracht und ihre Schwester immer wieder sehr eindringlich mit den Worten »Vergiss nicht: Wir müssen Johanna Knippke aus dem Verkehr ziehen und *gleichzeitig* Mama und Papa wieder so richtig zusammenschweißen« beschworen.

Neu war das natürlich nicht und ohne die zündende Idee, wie sie ihr Vorhaben in die Tat umsetzen könnten, sowieso nicht viel mehr als ein »feuchter Furz in der Badewanne«, wie Lucie sich ausdrückte.

Noch immer hatten die Schwestern nicht den Schimmer einer Ahnung, auf welche Weise sie Johanna Knippke mit dem Blumenboten zusammenbringen sollten – sie kannten ja nicht einmal ihre Adresse.

Was die Sache »Schokoladen-Klebstoff für die Butterkekse« anging, die Lucie vor ein paar Tagen bereits ins Spiel gebracht hatte, waren sie inzwischen allerdings schon ein ziemliches Stück weitergekommen.

Anstelle des verpatzten Hochzeitstags-Abends wollten sie

für ihre Eltern ein romantisches und absolut unvergessliches Erlebnis organisieren.

»Dazu muss uns jetzt aber ganz schnell etwas Konkretes einfallen«, brummte Lucie, als sie am frühen Sonntagmorgen in Unterwäsche und mit nichts weiter als einem schlaff gefüllten Rucksack aus ihrem Zimmer trat. »Wir haben schon viel zu viel Zeit verplempert.«

»Ist das etwa alles, was du mitnimmst?«, fragte ihre Mutter.

»Ähm ja«, antwortete Lucie irritiert.

Ihre Schwester stand bereits fix und fertig angezogen neben ihrer Reisetasche vor der Garderobe. Sie machte eine angespannte Miene und deutete verstohlen über ihre Schulter in Richtung Wohnzimmer.

»Was ist los?«, formte Lucie lautlos mit den Lippen, doch Lea schüttelte nur unwillig den Kopf.

Schon klar!, dachte Lucie und bedeutete ihrer Schwester, dass sie verstanden hatte. Solange Mama in der Nähe war, konnte Lea nicht reden.

»Ich würde mal sagen, die Einzige, die hier gerade unnötig viel Zeit verplempert, bist du«, meinte Rosanna von Leipnitz und tippte ungeduldig auf ihre Armbanduhr. »In spätestens fünf Minuten ist Abflug. Meinst du, du kriegst das irgendwie hin?«

»Auf keinen Fall«, brummte Lucie. »Ich habe ja noch nicht mal gefrühstückt.«

»Das kannst du im Auto tun«, erwiderte Rosanna von Leipnitz und wies auf das Sideboard neben der Garderobe. »Ich habe dir zwei Schnitten geschmiert. Sie sind dort in der Plastikdose.«

»Ich möchte aber Müsli essen«, gab Lucie kurz angebunden zurück. Sie ließ ihren Rucksack zu Boden fallen und stapfte an ihrer Mutter vorbei auf die Küche zu.

»Dann hättest du eben früher aufstehen sollen«, sagte Rosanna von Leipnitz ein wenig ungehalten. »Also ... zieh dich jetzt bitte an.«

Lucie verharrte auf der Stelle und rollte mit den Augen. – So mies gelaunt hatte sie ihre Mutter ja schon lange nicht mehr erlebt!

»Warum machst du denn so einen Stress?«, stöhnte sie. »Es sind Ferien. Wir haben alle Zeit der Welt.«

»Du vielleicht«, entgegnete Rosanna von Leipnitz. »Ich dagegen muss heute Vormittag noch irgendwann mal ins Geschäft. Je früher, desto besser«, fügte sie unwirsch hinzu.

Warum auch immer die Luft sich an diesem Vormittag zum Schneiden dick anfühlte, Lucie vermutete, dass der Grund dafür hinter der geschlossenen Wohnzimmertür zu finden war.

»Wo ist eigentlich Papa?«, fragte sie, während sie sich langsam zu ihrer Mutter umdrehte.

Lucie gab sich große Mühe, neugierig und auf keinen Fall misstrauisch zu klingen.

»Telefoniert«, erwiderte Rosanna von Leipnitz knapp.

»Mama fährt uns«, kam es von Lea.

Ihre Stimme klang schrecklich piepsig.

Lucie zuckte unmerklich zusammen. Ihre innere Alarmlampe blinkte leuchtend rot. Etwas war hier – verdammt noch mal! – ganz und gar nicht in Ordnung. Und plötzlich hatte Lucie es sehr eilig. Sie musste unbedingt wissen, was passiert war, und brauchte so schnell wie möglich eine Gelegenheit, um ungestört mit Lea reden zu können.

»Schon kapiert«, sagte sie also. »Ich beeil mich.«

Als Lucie in ihr Zimmer zurückgetrabt war, atmete Lea stockend ein. Vor lauter Anspannung hatte sie so lange die Luft angehalten, dass ihr schwindelig geworden war.

Sie trat einen Schritt nach vorn und stützte sich auf dem Garderobensideboard ab. Dabei fiel ihr Blick auf das Notizbuch ihres Vaters, das neben Lucies Brotdose lag.

Leas Herz machte einen Satz. – Ob Papa Johanna Knippkes Adresse dort hineingeschrieben hatte?

Während sie ihre Mutter im Auge behielt, ließ Lea vorsichtig ihre Finger über die glatte Oberfläche des Sideboards auf das Notizbuch zuwandern.

Rosanna von Leipnitz hatte sich kurz zuvor nach Lucies Rucksack gebückt, ihn auf ihren Oberschenkel gestellt und geöffnet. Kopfschüttelnd wühlte sie darin herum.

»Nur eine Jeans, zwei T-Shirts und ein Kapuzen-Pulli«, murmelte sie, hob den Kopf und sah Lea an. »Damit kommt sie doch niemals aus. Oder?«

»Ähm … Ich weiß nicht …«

Hastig zog Lea ihre Hand zurück.

»Steck Lucies Dose ruhig ein«, ermunterte Rosanna von Leipnitz ihre Tochter und schwenkte den Rucksack hin und her. »Wenn ich das Gepäck deiner Schwester ergänzt habe, wird hier drin sowieso kein Platz mehr dafür sein.«

Lea wartete, bis ihre Mutter in Lucies Zimmer verschwunden war, dann schnappte sie sich das Notizbuch und verstaute es im Seitenfach ihrer Umhängetasche. Natürlich war es nicht in Ordnung, in Papas persönlichen Dingen herumzuschnüffeln, geschweige denn sie an sich zu nehmen. Hier und jetzt darin nach Johanna Knippkes Adresse zu blättern, war Lea jedoch viel zu riskant. Sie hatte längst beschlossen, es während der Fahrt in den Fun-Park zu machen und anschließend so zu tun, als hätte sie das Büchlein im Fußraum des Volvos gefunden.

Doch dann kam alles anders …

Mehr als die Hälfte der Strecke zum Erlebnispark *Schönerheide* führte über die Autobahn.

Rosanna von Leipnitz hatte es eilig und drückte aufs Gas. Alle paar Sekunden sah sie in den Rückspiegel, um sich zu vergewissern, dass die linke Fahrspur frei war, bevor sie zum Überholen ansetzte. Dabei fiel ihr Blick immer wieder auch auf ihre Töchter, sodass Lea sich nicht traute, das Notizbuch hervorzuziehen. Die Kilometer rasten nur so unter ihnen weg, und als ihre Mutter das Tempo endlich wieder verringerte und die Autobahn verließ, dudelte Leas Handy los.

Auf dem Display grinste ihr Vanessas Gesicht entgegen, und Lea stellte die Verbindung her.

»Hey!«

»Mensch, Lea!«, rief Vanessa kichernd. »Wo steckst du bloß?«

»Hast du es etwa schon bei mir zu Hause versucht?«

»Nope«, antwortete Vanessa und fing an zu prusten.

Leas Mundwinkel bogen sich zu einem Lächeln. Die Fröhlichkeit ihrer Freundin war wie ein hochansteckender Virus.

»Was ist denn los mit dir? Bist du von einem Lachmonster gebissen worden?«

»So ähnlich«, gluckste Vanessa. »Nur viel besser.«

Lea gluckste ebenfalls.

»Und? Verrätst du's mir?«

»Nö.« Vanessa kringelte sich geradezu vor Vergnügen. »Glaub nicht.«

»Und wieso rufst du mich dann an?«, fragte Lea.

»Weil ich wissen möchte, wo du gerade steckst.«

»Keine Ahnung«, erwiderte Lea, und mit einem Schlag wurde sie wieder ernst. »Meine Eltern haben Lucie und mich in einen Fun-Park verbannt.«

»Na hör mal!«, meldete sich Rosanna von Leipnitz entrüstet zu Wort. »Wir haben euch doch nicht *verbannt.* Im Gegenteil, wir möchten, dass ihr Spaß habt.«

»Klar«, raunte Lucie und tauschte einen vielsagenden Blick mit ihrer Schwester.

»Wie uncool!«, japste Vanessa.

Offensichtlich kriegte sie sich kaum noch ein vor Vergnügen.

»Na, du scheinst jedenfalls ziemlich froh darüber zu sein, dass du mich für eine Weile los bist«, brummte Lea.

Ihre Mutter musterte sie mit zusammengekniffenen Augen.

»Wer? Ich?«

»Nee, Vanessa«, stellte Lea hastig klar.

»Guck lieber mal nach vorne auf die Straße!«, rief Lucie erschrocken. »Sonst baust du noch einen Unfall.«

»Keine Sorge, ich pass schon auf«, erwiderte Rosanna von Leipnitz, umfasste das Lenkrad nun aber ein wenig fester.

»Überhaupt nicht«, gackerte Vanessa unterdessen in Leas Ohr. »Ich freu mich total.«

»Sag ich doch!«, knurrte Lea. Allmählich wurde sie sauer. »Veräppeln kann ich mich übrigens selbst.«

»Mädels, Mädels«, sagte Rosanna von Leipnitz und ging vom Gas. Sie setzte den Blinker und bog auf einen großen Parkplatz ein, der rundum von dichten Büschen umgeben war. »Merkt ihr eigentlich was?«

Lucie reckte den Kopf. »Wieso? Was meinst du?«

»Wir sind dahaaa!«, rief ihre Mutter lachend und lenkte den Wagen auf eine schmale Lücke in den Büschen zu.

»Echt jetzt?«

Lea drückte ihre Stirn gegen das Seitenfenster. Einen Augenblick später stieß sie einen Schrei aus.

»Was ist denn jetzt schon wieder los?«, fragte Lucie verdattert.

»Da … da … da!«, jubelte Lea und tippte rhythmisch mit dem Finger gegen die Scheibe. »Vanessa!«

Lucie spürte geradezu, wie ihr die Farbe aus dem Gesicht wich.

»Wo?«, stieß sie hervor.

»Genau vor uns«, rief Lea und hüpfte mit dem Hintern auf der Rückbank auf und ab. »Sie hatte sich hinter den Büschen versteckt.«

Rosanna von Leipnitz steuerte den Wagen rechts neben die

Buschlücke. Sie ließ ihn ausrollen und stellte den Motor ab. Vanessa, die inzwischen eine beachtliche Anzahl an Hampelmannsprüngen vollführt hatte, riss die hintere linke Tür auf und ließ sich nach Atem ringend in Leas Arme fallen.

»Oh, mein Gott!«, keuchte sie. »Ich hab dich sooo vermisst!«

»Ich dich auch«, murmelte Lea in die blonde Wallemähne ihrer Freundin.

»Oh Mann«, jaulte Vanessa. »Wie konnte das nur passieren? Wir haben uns eine ganze Woche nicht gesehen!«

»Tatsächlich?«, brummte Lucie. »So wie ihr euch gerade aufführt, hätte ich eher gedacht, dass ihr ein halbes Jahrhundert voneinander getrennt gewesen seid.«

Vanessa warf ihr über Leas Schulter einen verständnislosen Blick zu.

»Du weißt eben nicht, was es heißt, eine allerbeste Freundin zu haben«, knurrte sie.

»Ja, klar«, grummelte Lucie. Ist vielleicht auch besser so, dachte sie bei sich, während sie ihre Tür öffnete und die Beine aus dem Auto schwang.

»Jetzt zickt euch doch nicht so an«, sagte Lea und löste sich aus Vanessas Umklammerung. »Erklär du mir lieber mal, was du hier machst!«

»Ferien natürlich!«, erwiderte sie. »Ich bin schon seit über einer Stunde hier!«

Rosanna von Leipnitz drehte sich zu den beiden Mädchen um und zwinkerte ihrer Tochter zu.

»Überraschung gelungen?«, wollte sie wissen.

»Aber so was von!« Lea strahlte über das ganze Gesicht. »Ich kapier nur nicht, wieso ...«

»Vanessas Mutter hat uns auf die Idee gebracht«, fiel ihre Mutter ihr ins Wort. »Vor ungefähr zwei Wochen war sie bei mir im Laden, hat einen Frühlingsstrauß gekauft und mir den Flyer dieses Fun-Parks gezeigt«, erzählte sie. »Eigentlich ist der Aufenthalt hier nicht so ganz preiswert, aber zur Eröffnung gab es eine Pfingstferien-Aktion … Tja, und weil Vanessa nicht so gern allein verreisen wollte, habe ich nicht lange gefackelt, mich mit eurem Vater abgestimmt … und zugeschlagen, bevor andere uns womöglich noch die letzten Plätze vor der Nase weggeschnappt hätten.«

»Oh Mann!« Genervt stapfte Lucie neben dem Auto auf und ab. »Was für eine grandiose Idee!«, wetterte sie.

»Tut mir leid, Schätzchen, dass du nun keine Freundin dabeihast!«, rief Rosanna von Leipnitz zu ihr hinaus. »Aber keine Sorge. Ich bin mir sicher, dass du ganz schnell haufenweise Kontakte knüpfen wirst.«

»Darum geht es doch gar nicht«, zischte Lucie undeutlich durch ihre zusammengebissenen Zähne.

Wenn Vanessa die Ferien ebenfalls in der *Schönerheide* verbrachte, gab es niemanden, bei dem sie unter der Woche übernachten konnte. Und alle beide würden sie und Lea wohl kaum bei Alina Unterschlupf finden.

Rosanna von Leipnitz war inzwischen ebenfalls ausgestiegen und musterte ihre Tochter forschend über das Wagendach hinweg. »Worum geht es dann?«, fragte sie mit ernster Miene.

»Ach, vergiss es«, sagte Lucie leise vor sich hin und setzte etwas lauter hinzu: »Ist bestimmt toll hier.«

»Och, Schätzchen!« Rosanna von Leipnitz öffnete ihre Arme. »Komm mal her!« Sie umrundete den Wagen und zog

Lucie an sich. »Wenn ich nicht ganz sicher gewesen wäre, dass es dir hier gefällt, hätte ich deine Schwester ohne dich losgeschickt.«

»Du oder du *und* Papa?«, murmelte Lucie in ihr Haar.

»Was ist denn das für eine Frage!« Rosanna von Leipnitz umfasste Lucies Schultern und drückte sie ein Stück von sich weg, damit sie ihr in die Augen sehen konnte, doch Lucie wich ihrem Blick aus. »Was euch betrifft, sprechen dein Vater und ich uns immer miteinander ab. Weder er noch ich entscheiden irgendetwas alleine.«

Na, das hoffe ich doch, dachte Lucie im Stillen, während sie Lea und Vanessa dabei beobachtete, wie die beiden Arm in Arm über den Parkplatz tanzten.

»Und was ist mit uns?«, presste sie hervor. »Dürfen Lea und ich eigentlich auch mal etwas mitentscheiden?«

»Wenn du damit auf den Klassenwechsel anspielst ...«

»Zum Beispiel.«

»Aber das haben wir euch doch erklärt«, erwiderte ihre Mutter sanft. »Und es hat ja auch wunderbar funktioniert.«

Dem hatte Lucie leider nicht viel entgegenzusetzen. Wunderbar mochte vielleicht ein wenig übertrieben sein, aber deswegen wollte sie jetzt nicht streiten. Ohnehin war der Punkt ein ganz anderer.

»Es ist einfach nicht okay, wenn ihr immer alles über unseren Kopf hinweg bestimmt«, sagte sie zornig.

Rosanna von Leipnitz sog geräuschvoll Luft durch ihre Nase ein.

»Wo ist das Problem, Lucie?«, fragte sie und deutete auf Lea und Vanessa. »Ehrlich gesagt, sehe ich es nicht.«

Lucie blähte die Backen. Das kannst du ja auch nicht, dachte sie bei sich. Verflixt! Warum hatte sie nicht einfach ihre Klappe gehalten und gute Miene zum bösen Spiel gemacht? Jetzt glaubte Mama bestimmt, dass sie tatsächlich neidisch auf Lea war, weil Vanessa die Ferienwoche ebenfalls im Fun-Park verbringen durfte. Dabei bestand das Problem ja wohl eher darin, dass Leas Freundin hier nicht zu Hause war – was ihre Zwillingsschwester vor lauter Wiedersehensfreude offenbar noch gar nicht kapiert hatte.

»Du tust ja beinahe so, als hätten wir euch in eine Zwangs-Kur geschickt, in der ihr jeden Morgen um sechs Uhr aus dem Bett geworfen werdet, literweise Lebertran trinken müsst und euch nur in Zweierreihen durchs Gelände bewegen dürft«, fuhr ihre Mutter fort, ehe Lucie sich eine passende Antwort zurechtgelegt hatte. »So etwas haben deine Großeltern in ihrer Jugend vielleicht erlebt. Heutzutage gibt es das gar nicht mehr.«

»Weiß ich doch«, sagte Lucie.

»Und was deinen Wechsel in die 6a betrifft: Das ging nun einmal nicht anders«, setzte Rosanna von Leipnitz hinzu. »Dein Vater wollte es möglichst schnell über die Bühne bringen und …« Sie brach mitten im Satz ab. »Nun ja, letztendlich ist es ohnehin egal.«

Lucie wurde sofort hellhörig.

»Was meinst du damit?«, hakte sie nach.

»Ach, nichts.« Rosanna von Leipnitz rang sich ein Lächeln ab. »Zumindest nichts, worüber du dir Gedanken machen musst.«

Das glaube ich aber schon, durchzuckte es Lucie. Sie war

sich nämlich ganz sicher, dass ihre Mutter sich gerade beinahe verplappert hätte.

»Heißt das etwa, es ging Papa gar nicht darum, dass Lea und ich zu viel aufeinanderhängen?«

»Natürlich ging es ihm und *mir* darum«, bekräftigte Rosanna von Leipnitz. »Und jetzt keine Diskussion mehr«, sagte sie energisch. »Nächstes Wochenende, wenn ihr wieder daheim seid, können wir über alles noch einmal ganz in Ruhe reden. Jetzt muss ich ins Geschäft. Und zwar so schnell wie möglich.«

Sie winkte Lea herbei, um sich von ihr und Lucie zu verabschieden. Dann stieg sie in den Wagen, drückte noch einmal kurz auf die Hupe und brauste davon.

Lucies Laune verbesserte sich schlagartig, als Vanessa, Lea und sie die Anmeldung betraten, die sich in einer kleinen Hütte gleich hinter dem Eingang befand.

Unter den Kindern und Jugendlichen, die dort für eine Schlafgelegenheit und eine Betreuungsperson anstanden, entdeckte sie zu ihrer großen Überraschung nämlich auch Rabatze.

»Das gibt's doch gar nicht!«, stieß sie aus und sprang auf ihn zu.

»Hey, Lucie, wie cool!« Auf Rabatzes Gesicht breitete sich ein schiefes Lächeln aus. »Was machst du denn hier?«

»Schätze mal, das Gleiche wie du«, erwiderte Lucie und hielt ihm ihre Hand zum Einschlagen hin.

»Na, dann ist ja jetzt alles klar«, meinte Lea und hakte sich grinsend bei Vanessa unter.

Lucie feuerte einen Pfefferblick auf ihre Schwester ab.

»Was soll das denn heißen?«, zischte sie.

Auch Rabatze wirkte einen Moment lang irritiert. Unschlüssig wanderte sein Blick zwischen den Zwillingsgeschwistern hin und her.

»Na, dass Lucie hier jetzt auch jemanden getroffen hat, den sie kennt«, erklärte Lea und bedachte ihre Schwester ihrerseits nun mit einem Stirnrunzeln.

Doch Lucies Miene hatte sich zum Glück schon wieder entspannt.

»Ach, es sind eine ganze Menge Leute von unserer Schule hier«, entgegnete Rabatze. »Gar nicht so leicht, dabei in Ferienstimmung zu geraten«, fügte er mit einem Augenzwinkern hinzu und erkundigte sich dann: »Welche Übernachtungsvariante habt ihr euch eigentlich ausgesucht?«

»Keine Ahnung«, sagte Lucie. »Das Ganze ist eine Überraschungsaktion unserer Eltern. Sie haben uns klammheimlich hier angemeldet.«

»Coole Sache«, gab Rabatze anerkennend zurück. »Ich musste daheim ziemlich darum kämpfen. Erst als ich bereit war, einen Teil meines Ersparten dafür zu opfern und meinem alten Herrn hoch und heilig geschworen habe, dass meine Versetzung nicht gefährdet ist, haben sie zähneknirschend zugestimmt, und ich durfte mich doch noch anmelden. Leider waren da die besten Schlafplätze aber schon weg.«

»Aha …?« Lucie musterte ihn neugierig. »Welche wären das denn gewesen?«

»Na, die Hängezelte natürlich«, erwiderte Rabatze. »Und die auf dem schwimmenden Fort.«

Vanessa warf triumphierend ihre Arme in die Luft.

»Wir haben die Hängezelte!«, jubelte sie, woraufhin sich ein paar der wartenden Kinder und Jugendlichen zu ihr umdrehten.

»Wie schön für dich«, sagte ein Sechzehnjähriger mit schulterlangen blonden Haaren, der Shorts und ein knappes T-Shirt trug und ein bisschen an die Tarzan-Figur aus dem aktuellen Musical erinnerte. »Hoffentlich wird dir da drin nicht schlecht.«

»Bestimmt nicht«, sagte Vanessa kopfschüttelnd. »Wieso sollte es?«

»Falls doch … ich tausche gerne«, meinte der Tarzan-Typ nur.

»Dann müsstest du allerdings neben meiner besten Freundin Lea pennen«, erwiderte Vanessa kichernd.

»Ist das etwa eine von denen da?«, fragte der Tarzan-Typ und deutete auf Lea und Lucie.

»Pf!« Lucie stemmte empört die Hände auf ihre Hüften. »Wie redest du denn über uns?«

»Ach, nur so.« Der Tarzan-Typ machte eine gelangweilte Geste. »Ich dachte immer, Zwillinge sind untrennbar. Oder quetscht ihr euch womöglich zu dritt in eins der Doppelzelte?«

»Das geht dich ja wohl gar nichts an!«, blaffte Lucie. »Und getauscht wird auch nicht. Das kannst du dir komplett von der Backe putzen. Kapiert?«

Unfreiwillige Spionage

»Mann, dem Typi hast du es aber gegeben«, sagte Lea. »Da sind ja sogar Rabatze fast die Ohren abgefallen.«

»Hmm.« Lucie drehte einen Gelstift zwischen den Fingern und nickte. »Kann schon sein.«

Sie und ihre Schwester hatten die Beine untergeschlagen und hockten einander gegenüber auf Lucies Matratze. Das Ein-Mann-Hängezelt, in dem sie übernachtete, baumelte am Ast einer großen Eiche gut zwei Meter über dem Boden und schwang bedächtig hin und her. Es bestand aus einer Holzpalette, über die ein Rundkuppelzelt gespannt war, und bot Platz für ein Lager und ein paar Kleinigkeiten wie Zeitschriften, Bücher, Taschenlampe und eine Gürteltasche. Diese hatten sie bei der Anmeldung bekommen, mit der Anweisung, alle persönlichen Wertgegenstände darin unterzubringen und die Tasche immer bei sich zu tragen.

»Du magst ihn wirklich, stimmt's?«, fragte Lea vorsichtig.

»Was? Den Tarzan-Typen?«

Lucie zog eine Grimasse und tippte sich mit dem Stift gegen die Stirn.

»Den doch nicht«, erwiderte Lea. »Sondern Rabatze.«

»Ja, er ist ganz okay«, sagte Lucie möglichst gelangweilt.

»Bist du deshalb so sauer gewesen?«, bohrte Lea nach.

»Hä? … Wann?«

»Vorhin in der Anmeldung. Als ich gemeint habe, dass jetzt alles klar wäre. Da hatte ich nämlich das Gefühl, dass du das in den falschen Hals bekommen hast.«

»Ach so … Nein … Ja, zuerst schon.« Lucie griff nach ihrem Schreibblock und zog die Kappe des Gelstifts mit den Zähnen ab. »Aber jetzt ist ja alles klar.«

Lea kniff die Mundwinkel ein und betrachtete ihre Schwester forschend.

»Du hattest also Schiss, dass Rabatze denkt, du wärst in ihn verknallt?«

»*Wäre* es okay, wenn wir das Thema wechseln?«, gab Lucie ein wenig genervt zurück.

»Also ja.« Lea stupste ihre Schwester gegen das Knie.

»Können wir jetzt vielleicht endlich mal über wirklich wichtige Dinge reden?«, stöhnte die.

»Klar doch.« Lea unterdrückte mühsam ein Grinsen. Dann holte sie tief Luft und sagte: »Ich habe allerdings noch immer keine Idee, wie wir die Butterkekse …«

»Ich auch nicht«, fiel Lucie ihr ins Wort. »Allerdings finde ich, dass wir erst einmal Johanna Knippke an den Mann bringen sollten. Wenn das erledigt ist, haben wir den kniffligsten Teil geschafft. Danach können wir uns immer noch um die Romantik kümmern. Der Name dieses Blumenboten ist mir inzwischen übrigens wieder eingefallen«, fuhr sie ohne Punkt und Komma fort, während sie ihr Smartphone hervorkramte und das Blumengeschäft googelte, bei dem ihre Großmutter den Strauß für den Hochzeitstag der Butterkekse bestellt hatte. »Hier ist es!«

Sie wischte über das Display, um nach der Telefonnummer zu suchen, und notierte diese schließlich auf ihrem Block.

»Ich ruf da jetzt einfach mal an, dann wissen wir es genau«, verkündete sie, tippte die Nummer ein und lauschte dem Freizeichen. »Eigentlich eine Frechheit von Oma Billie, dass sie die Blumen für Mama bei der Konkurrenz gekauft hat«, murmelte sie, als sich am anderen Ende eine etwas mürrische Frauenstimme meldete.

»Floristik Petzold, guten Tag, was kann ich für Sie tun?«, leierte sie lustlos herunter.

»Ja, hallo. Hier ist Sybille von Leipnitz«, flötete Lucie in ihr Handy. »Ich hätte gerne Herrn Graf gesprochen.«

»Wer soll das sein?«, blaffte Frau Petzold.

»Ähm … einer Ihrer Boten«, erwiderte Lucie ein wenig verunsichert. »Er hat vor einigen Tagen für mich einen Strauß in die Albertusstraße geliefert.«

»Wann genau war das?«, wollte Frau Petzold wissen, und Lucie vernahm nun im Hintergrund das Klackern einer Computertastatur.

»Am letzten Donnerstag«, sagte Lucie, woraufhin die Inhaberin des Floristikgeschäfts leise zu summen begann. Gleichzeitig ertönte wieder das Klackern der Tastatur, und kurz darauf rief Frau Petzold:

»Jawohl. Hier haben wir es. Laut Eintrag in meinen Unterlagen wurde der Strauß von Joris Grawe überbracht. Darf ich fragen, ob etwas nicht in Ordnung war?«

»Im Gegenteil«, gab Lucie in den höchsten Tönen flötend zurück. »Der Strauß ist einfach wundervoll und noch immer taufrisch wie am ersten Tag«, schwindelte sie. »Und dieser

Herr Grawe ist wirklich reizend. Ich hoffe doch, er arbeitet noch für Sie …?«

»Aber selbstverständlich«, bestätigte Frau Petzold, die nun auf einmal überaus freundlich klang. »Er ist nur leider gerade unterwegs. Aber wenn Sie vielleicht einen neuen Strauß bestellen möchten …?«, zwitscherte sie.

»Ganz gewiss werde ich das demnächst wieder einmal tun«, versicherte Lucie ihr. »Sobald der Strauß von letzter Woche verwelkt ist … Wenn ich ihn mir allerdings so anschaue, wird das wohl noch eine Weile dauern. Bis dahin beste Grüße an Herrn Grawe. Auf Wiederhören!«

Kaum hatte Lucie die Verbindung gekappt, prustete Lea los.

»Ich glaub, ich spinne! Gibst dich einfach als Oma Billie aus! Und wie du mit der geredet hast!«, gackerte sie.

»Wie denn sonst?«, erwiderte Lucie. »Ich wette, Oma Billie hätte es ganz genauso gemacht. War meine Stimme wenigstens ein bisschen ähnlich?«

»Total!«, stieß Lea noch immer lachend aus.

»Gut«, sagte Lucie, und ein Grinsen stahl sich in ihre Mundwinkel. »Wenn ich ehrlich bin, hatte ich nämlich Schiss, dass diese komische Frau Petzold sich noch an das Gespräch mit Oma Billie erinnert und vielleicht misstrauisch wird.«

»Zum Glück ist sie das aber nicht«, meinte Lea. »Oder?«

Lucie schüttelte den Kopf.

»Nee. Und jetzt haben wir alles, was wir brauchen. Den Namen des Boten und die Adresse des Blumengeschäfts.«

»Ich finde es übrigens völlig normal, dass Oma Billie den Strauß zum Hochzeitstag der Butterkekse nicht in Mamas Laden gekauft hat«, sagte Lea.

Ihre Schwester sah sie verständnislos an.

»Wieso denn nicht? Sie hätte ihre Stimme schließlich auch verstellen können.«

»Auf so eine Idee kommt Oma Billie doch gar nicht«, wandte Lea sofort ein. »Außerdem hätte Mama den Strauß hundertpro erkannt.«

»Und wenn schon«, gab Lucie achselzuckend zurück. »Denkst du, sie hätte sich dann weniger gefreut? Abgesehen davon hätte Oma Billie ihr auch etwas anderes schenken können als ausgerechnet Blumen. Zum Beispiel Pralinen …«

»… oder ein romantisches Wochenende in einem Luxushotel«, führte Lea die Aufzählung fort. »Ihr Sparkassen-Heini hat doch bestimmt genug Kohle, um so etwas bezahlen zu können.«

»Klar«, spottete Lucie. »Das hätte der garantiert auch super gerne gemacht … Wo wir ihn doch alle so gut leiden können!«

Sie notierte den Namen des Blumenboten und die Anschrift von *Floristik Petzold* auf ihrem Schreibblock und murmelte: »Jetzt fehlen uns nur noch Johanna Knippkes Daten. Möglicherweise können wir die ja im Schulsekretariat erfragen. Das ist doch auch während der Ferien besetzt, oder?«

Lea nickte.

»Glaub schon. Vielleicht ist das aber gar nicht nötig«, setzte sie zögernd hinzu.

»Was?«, fragte Lucie.

»Na, dass wir in der Schule anrufen.«

Auf Lucies Stirn bildete sich eine Steilfalte.

»Wieso?«

Anstelle einer Antwort versenkte Lea ihre Hand im Seitenfach ihrer Umhängetasche und zog das Notizbuch ihres Vaters daraus hervor.

»Eigentlich wollte ich nur mal kurz reinschauen«, begann sie, »aber blöderweise ist Mama viel zu schnell wieder aufgetaucht.«

Lucie bekam Stielaugen.

»Bist du jetzt total übergeschnappt!«, rief sie. »Einfach Papas Unterlagen zu klauen!« Sie zeigte ihrer Schwester einen zweifingerigen Doppelvogel. »Das hätte ja nicht einmal ich mich getraut!«

»Ich weiß«, sagte Lea zerknirscht. »Aber auf der Fahrt hierher gab es leider auch keine Gelegenheit mehr, das Buch hervorzuholen. Mama hat ja alle paar Sekunden in den Rückspiegel geschaut. Sonst hätte ich nämlich so getan, als ob ich es im Auto gefunden hätte.«

»Pfff!«, machte Lucie. »Du bist ja echt mit allen Wassern gewaschen!«, setzte sie nicht ganz ohne Anerkennung hinzu. »Wirklich gut finde ich das allerdings nicht.«

»Jetzt hör aber auf«, fuhr Lea empört dazwischen. »Der Notizbuch-Klau ist schließlich nicht ganz freiwillig passiert«, rechtfertigte sie sich, »… und außerdem dient es ja einem guten Zweck.«

Lucie atmete lange und geräuschvoll aus.

»Okay«, sagte sie schließlich und nahm ihrer Schwester das Buch aus der Hand. »Dann wollen wir doch mal ein bisschen *unfreiwillig* darin herumblättern …«

Sie schlug den Adressteil auf, suchte den Buchstaben K heraus und ließ ihren Finger über die dicht beschriebenen Seiten gleiten.

»Und?«, fragte Lea und wippte unruhig mit den Knien, während sie ihren Blick dem Finger ihrer Schwester folgen ließ.

»Nix.«

Lucie hob frustriert den Kopf.

»Guck doch mal unter J«, schlug Lea vor. »Vielleicht nennt er sie beim Vornamen.«

»Das hoffe ich nicht«, grunzte Lucie, blätterte aber trotzdem ein paar Seiten zurück.

Unter J gab es wesentlich weniger Einträge als unter K, und Lucie brauchte keine zehn Sekunden, um sich davon zu überzeugen, dass auch hier keine Johanna Knippke zu finden war. Sie wollte das Notizbuch gerade zuschlagen und in Leas Schoß pfeffern, als ihr eine mit feinem dünnem Bleistift an den Rand gekritzelte Handynummer ins Auge fiel.

»Mist, keine Adresse«, fluchte sie und tippte auf die Zahlenreihe. »Dafür das hier.«

Lea schluckte. Plötzlich schlug ihr das Herz bis zum Hals.

»Glaubst du, das ist ihre Nummer?«

»Klar«, sagte Lucie. »Von wem soll die denn sonst sein?«

Sie schnappte sich ihr Handy, und ehe ihre Schwester sie daran hindern konnte, hatte sie die Nummer bereits eingetippt und die Verbindung hergestellt.

»Spinnst du!«, hauchte Lea. »Du kannst doch nicht einfach da anrufen!«

»Doch, kann ich«, brummte Lucie mit tiefer Stimme. »Ich bin nämlich der Postbote.«

Lea stöhnte leise und verschränkte ihre Finger in einem stillen Gebet. – Bitte, bitte, lieber Gott, lass die Sache gut ausgehen!

Angespannt hielt sie den Blick auf ihre Schwester gerichtet, die ebenso angespannt in ihr Smartphone lauschte. Dabei wurden ihre Augen immer größer.

»Ist es die Mailbox?«, formte Lea lautlos mit den Lippen.

Lucie schüttelte den Kopf. Schließlich ließ sie das Handy sinken.

»Du glaubst es nicht, aber das war gar nicht Johanna Knippke«, krächzte sie.

»Sondern?«, stieß Lea unter leisem Keuchen aus.

»Miriam.«

Lea begriff nicht gleich.

»Welche Miriam?«

»Na, die, wegen der ich die Klasse wechseln musste.«

»U...und was hat sie gesagt?«, stammelte Lea.

»Hallo, sind Sie das, Herr Leipnitz? Haben Sie schon mit Herrn Senfig gesprochen?«, wiederholte Lucie Miriams Worte. »Als ich nicht geantwortet habe, hat sie die Leitung gekappt.«

»Oh Mann, was hat das denn jetzt wieder zu bedeuten?«, stöhnte Lea. »Wieso kümmert Papa sich um Miriam? Und worüber soll er mit Herrn Senfig sprechen?«

»Keine Ahnung«, murmelte Lucie. »Eigentlich hab ich gedacht, dass Miriam in deine Klasse wollte, weil sie mit den Schülern der a nicht klargekommen ist. Aber vielleicht stimmt das gar nicht. Oder es war nicht ausschlaggebend.«

»Und vielleicht weiß Rabatze sogar etwas mehr darüber«, meinte Lea. »Miriam war doch vor dir Klassensprecherin.«

»Ich hab doch schon mit ihm darüber geredet«, sagte Lucie. »Angeblich weiß er nichts. Aber ich kann ja noch mal nachbohren.«

Obwohl die Angelegenheit ziemlich rätselhaft und letztendlich möglicherweise alles andere als erfreulich war, stieg ihr Stimmungsbarometer augenblicklich von 0 auf 100, denn nun hatte sie einen sehr guten und absolut unverfänglichen Grund, Rabatze zu kontakten.

Was Johanna Knippkes Daten anging, waren sie allerdings noch immer keinen Schritt weitergekommen.

»Kann man im Internet nicht auch private Adressen finden?«, überlegte Lea laut.

»Weiß nicht«, murmelte Lucie. »Telefonnummern aber ganz bestimmt«, meinte sie zuversichtlich und aktivierte Google, wo sie *Telefonauskunft* in das Suchfeld tippte.

»Sehr gut«, sagte sie kurz darauf. »Hier braucht man nur den Namen und die Stadt einzugeben und schon ...«

Erwartungsvoll blickte Lucie auf das Display.

»Johanna Knippke wohnt aber noch gar nicht lange hier«, wandte Lea ein. »Außerdem hat sie vielleicht gar kein Festnetz.«

»Egal«, erwiderte Lucie und warf triumphierend die Hände in die Luft. »Es gibt nur eine einzige Johanna Knippke in unserer Stadt, und die Adresse steht hier ebenfalls. Sie wohnt in der Feldhausstraße dreiundzwanzig.«

»Yeah!«, jubelte Lea. »Jetzt brauchen wir nur noch einen passenden Zusammenführungsort für sie und den Blumenboten, und unsere Mission kann starten.«

»Wo gehen deine Eltern eigentlich hin, wenn sie sich einen schönen Abend machen?«, fragte Lea, als sie und Vanessa nach dem Abendessen in einem der großen Gemeinschaftsblockhäuser auf dem Weg zurück zu ihrem Hängezelt waren.

Lucie hatte sich bereits abgesetzt, um irgendwo in aller Ruhe eine Art Liebes-Poetry zu dichten, die sich ihre Eltern und Johanna Knippke und Joris Grawe gegenseitig schicken sollten. Außerdem wollte sie unbedingt noch wegen Miriam mit Rabatze whatsappen. Lucie hatte schon während des Abendessens versucht, an ihn heranzukommen, was sich jedoch als komplett aussichtslos herausgestellt hatte, weil er ununterbrochen von anderen Leuten umringt gewesen war. Vermutlich hatte er Lucies Anwesenheit nicht einmal bemerkt.

»Zum Italiener an der Ecke«, antwortete Vanessa auf Leas Frage. »In die Oper und manchmal auch ins Kino. Das allerdings nur, wenn extrem langweilige Filme gezeigt werden. Warum willst du das wissen?«

»Ach, nur so«, erwiderte Lea. »Die Butterkekse hatten letzte Woche ihren dreizehnten Hochzeitstag, und ich glaube, sie waren gar nicht so wirklich groß aus.«

»Vielleicht hatten sie keine Zeit und holen es später nach.« Vanessa strich sich eine blonde Lockensträhne hinters Ohr und zwinkerte Lea zu. »Zum Beispiel heute, wo sie sturmfrei haben, und so lange wegbleiben können, wie sie wollen.«

»Das können sie doch sonst auch«, meinte Lea. »Lucie und ich sind ja keine Babies mehr. Wir sind durchaus in der Lage, alleine wach zu werden und uns Frühstück zu machen.«

»Und wenn sie einfach nur allein und ungestört in eurer Wohnung sein möchten?«, wandte Vanessa ein und zwinkerte nun so heftig, dass Lea befürchtete, ihrer Freundin könnte das Auge herausfallen.

»Ach, so meinst du das«, sagte sie und spürte, wie ihr die Hitze ins Gesicht schoss.

Schon möglich, dass Vanessa mit ihrer Vermutung richtiglag, beruhigt war Lea trotzdem nicht. Irgendwas war zu Hause im Busch, das wusste sie einfach, denn dafür war in letzter Zeit einfach zu viel Ungewöhnliches zusammengekommen: die Händchenberührerei mit Johanna Knippke, Lucies plötzlicher Klassenwechsel und ihre Abschiebung in den Fun-Park.

Dazu kam die Anspannung, die zwischen den Butterkeksen herrschte, sobald sie zusammen in einem Raum waren. Und auch der Umstand, dass ihre Mutter in den vergangenen Tagen sehr viel ernster drauf war als sonst, bereitete Lea große Sorgen.

Sie war sicher, dass es Lucie nicht anders ging. Auch wenn diese es bisher nicht so direkt ausgesprochen hatte.

Mit Vanessa wollte Lea das Thema aber lieber nicht vertiefen, schließlich hatte sie Lucie versprochen, die Sache für sich zu behalten und als reine *und geheime* Familienangelegenheit zu betrachten.

»Hast du eigentlich schon mal?«

Lea schreckte zusammen. Sie war so tief in Gedanken gewesen, dass sie wie ein Roboter neben ihrer Freundin hergelaufen war.

»Was meinst du?«, fragte sie.

»Na ja …«, druckste Vanessa. »Mit einem Jungen Händchen gehalten und so.«

»Nee.«

Lea schüttelte energisch den Kopf. Bisher hatte sie weder

ein Date gehabt noch Händchen gehalten und »und so« schon mal gar nicht.

»Ich auch nicht«, erwiderte Vanessa. »Allerdings …«

»Was?«

»Na jaaa …«

»Jetzt sag schon!«, ermunterte Lea ihre Freundin. »Hast du dich verliebt?«

»Nicht direkt.«

»Oh«, sagte Lea. »Wie geht das denn?«, wollte sie wissen, woraufhin Vanessa mit einem dritten und besonders lang gezogenen »Na jaaa …« antwortete.

»Jedenfalls habe ich mir überlegt, in der nächsten Saison beim echten Paarlauf mitzumachen«, erklärte sie schließlich.

Lea sah ihre Freundin irritiert an.

»Wie jetzt? Heißt das etwa, dass du den Zweier-Wettkampf nicht mehr mit mir absolvieren willst?«

»Doch. Natürlich. Klar. Das richtige Paarlaufen hat damit ja nicht direkt was zu tun«, gab Vanessa hastig zurück.

»Tut mir leid«, entgegnete Lea. »Aber das ist mir gerade ein bisschen zu viel *nicht direkt*.«

»Na jaaa …«, begann Vanessa erneut. »Also, du und ich, wir nehmen auf jeden Fall wieder an den Zweierwettkämpfen teil.«

Lea musterte ihre Freundin skeptisch.

»Bist du sicher?«

»Klar bin ich das!«, erwiderte Vanessa geradezu empört. »Wie kannst du nur daran zweifeln? Außerdem weiß ich ja noch gar nicht, ob Lukas überhaupt Lust hat.«

»Also bist du dir doch noch nicht ganz sicher«, schlussfolgerte Lea.

»Mann ey!«, stöhnte Vanessa. »Wieso glaubst du mir nicht? Ich würde den Paarlauf-Wettbewerb natürlich zusätzlich machen.«

»Hm.« Lea war noch nicht überzeugt. »Das wären dann insgesamt vier Wettbewerbe.«

Vanessa zuckte mit den Schultern.

»Na und? Was wäre daran so schlimm?«

Nichts, dachte Lea. Außer, dass ihre Freundin leider dazu neigte, sich immer mal wieder zu viel aufzuhalsen. Aber darüber würde sie jetzt ganz bestimmt nicht mit ihr diskutieren. Und so lenkte sie das Thema gezielt auf Lukas.

»Kenn ich den eigentlich?«

»Weiß nicht«, gab Vanessa abermals schulterzuckend zurück. »Er fährt jedenfalls auch Rollkunst. Und er ist genauso alt wie wir.«

Mittlerweile hatten die Freundinnen das Areal mit den Hängezelten erreicht. Insgesamt gab es dreißig Stück davon, und Lucie bewohnte eins der wenigen Einzelzelte, das im schwachen Wind sachte hin und her baumelte.

»Sieht so aus, als wäre deine Schwester noch nicht zurück«, sagte Vanessa und deutete auf die geschlossene Vorderfront. »Oder sie pennt bereits.«

Lea schüttelte den Kopf.

»Bestimmt nicht. Lucie ist eher eine Nachteule. Ich glaube, sie wollte sich noch mit jemandem treffen«, fügte sie vage hinzu.

Vanessa griff nach der Strickleiter und hangelte sich zu ihrem Zelt hinauf. Sie öffnete den Reißverschluss und schlüpfte ins Innere. Lea folgte ihr.

»Etwa mit diesem Jungen, den wir bei der Anmeldung getroffen haben?«, fragte Vanessa und grinste schelmisch.

»Ja, aber nicht so, wie du denkst«, bemerkte Lea. Sie zog den Reißverschluss bis zu Dreivierteln zu und hockte sich auf ihre Matratzenhälfte. »Lucie kennt Rabatze schon länger. Sie treffen sich einmal in der Woche zum Slacklinen. Allerdings sind dann auch immer andere dabei.«

»Und heute wohl nicht?«, hakte Vanessa bedeutungsvoll nach und grinste nun noch breiter.

Ihre Wangen leuchteten in einem zarten Rosa, und ihre hellgrauen Augen schienen Funken zu sprühen.

Mit ihren langen blonden Locken, den dunklen Wimpern und der kleinen Stupsnase sah sie total hübsch aus, fand Lea. Und sie hatte sogar schon ein klitzekleines bisschen Busen. Dagegen waren Lucie, Alina und Lea selbst platt wie Pfannekuchen – was natürlich einzig und allein an den Hormonen lag, die Sache deshalb jedoch nicht weniger mysteriös erscheinen ließ.

Warum die Hormone bei dem einen Mädchen früher zu arbeiten anfingen und bei dem anderen später, hatte Lea noch niemand so genau erklären können, und immer, wenn sie Vanessa betrachtete, überlegte sie, wie es sich wohl anfühlte, wenn es losging.

Vielleicht war es bei Lucie ja schon so weit. Immerhin war sie einundzwanzig Minuten älter als Lea. Und vermutlich hing es dann auch mit dieser Hormonsache zusammen, dass man sich plötzlich für Jungs interessierte.

Rabatze war schon irgendwie cool, aber das lag vor allem daran, dass er älter war und bereits in die achte Klasse ging.

Dass sie sich jemals in einen gleichaltrigen Typen verguckte – zum Beispiel in Ron, Ilkay oder Mats –, das konnte Lea sich nun echt überhaupt nicht vorstellen.

»Wo würdest du eigentlich gerne mit Händchenhalten anfangen?«, fragte sie unvermittelt.

»Hier«, antwortete Vanessa wie aus der Pistole geschossen. »Oder irgendwo am Meer oder einem See.«

»Nicht im Kino?«

»Auf keinen Fall«, sagte Vanessa entschieden. »Da wäre es mir zu dunkel. Ich will Lukas doch in die Augen sehen.«

Tja, wo sie recht hatte, hatte sie recht!

Für Johanna Knippke und den Blumenboten mussten sie jedenfalls auch unbedingt einen Ort finden, an dem die beiden sich in die Augen gucken konnten. – Und für die Butterkekse sowieso!

Es musste ja vielleicht nicht gleich ein Meer mit einer Monsterwelle sein …

Die Idee mit dem See

Die Nachricht, die Lucie an Rabatze geschrieben hatte, lautete:

Hey, Raba! Ich muss mit dir reden. Es geht um Miriam. Und Herrn Senfig. Hast du heute Abend vielleicht irgendwann Zeit? Das wäre toll. ☺

Sie hatte einen Moment lang gezögert, ob sie den Smiley wirklich anhängen sollte, schließlich wollte sie es sich nicht ausgerechnet wegen so etwas mit Rabatze verderben. Aber dann hatte sie sich gesagt, dass ja wohl niemand etwas gegen ein Lächeln haben konnte – auch so ein cooler Typ wie Rabatze nicht, der eigentlich keine Emojis mochte, – und hatte den Smiley kurz entschlossen in den Kosmos geschickt. Danach hatte Lucie noch eine Weile auf ihr Smartphone gestarrt, in der Hoffnung, dass Rabatze sich sofort meldete.

Tat er aber nicht.

»Blödmann!«

Hoffentlich war das mit dem Smiley nicht doch ein Fehler gewesen!

Ein wenig enttäuscht steckte Lucie das Handy in ihre Gürteltasche zurück, zog die Riemen ihres Rucksacks straff und trabte los.

Wie weit es wohl bis zum See war?

Das schwimmende Fort hätte sie sich gerne mal angesehen.

Außerdem schien ihr das Ufer eines Sees ein ganz wunderbarer Ort zu sein, um ein Liebesgedicht zu formulieren.

»Smile for a while, for a minute, an hour or a day«, murmelte Lucie vor sich hin, während sie einen Fuß vor den anderen setzte, an einem Kletterberg und einer Fußballwiese vorbeilief und auf einen Schilderbaum zusteuerte. »Maybe just for a second. Main thing is you do«, dichtete sie weiter.

Oder hieß es *you are doing it*?

Lucie schüttelte unwillig den Kopf. Warum musste sie auch ausgerechnet in englischer Sprache slammen? Trotzdem! Auch wenn sie gerade nicht wusste, wie es weiterging, ein ziemlich guter Anfang war es allemal.

Auf der Fußballwiese kickten gerade ein paar fünfzehnjährige Jungen, und an dem Kletterberg versuchten sich etwas jüngere Kinder. Rabatze war allerdings nicht unter ihnen.

Zu blöd auch, dass Lucie heute Vormittag bei der Anmeldung nicht daran gedacht hatte, ihn zu fragen, in welchem Areal er untergebracht war. Außer im Fort und in den Hängezelten konnte man auch noch in ganz normalen Hütten, Pfadfinderzelten oder umgebauten VW-Bullis übernachten.

Das gesamte Fun-Park-Gelände war eingezäunt, und eigentlich war man hier mit allem versorgt, was man brauchte. Dennoch durfte man den Park tagsüber zwischen zehn und siebzehn Uhr verlassen, um jemanden zu besuchen oder sich mit Freunden zu treffen, die nicht das Glück hatten, ihre Ferien in *Schönerheide* verbringen zu können – vorausgesetzt natürlich, man hatte eine Fahrgelegenheit. Der Flixbus, den Lea und Lucie hätten nehmen können, fuhr ja leider nur einmal am Tag.

Vor dem Abendessen um sechs musste sich jeder, der noch nicht volljährig war, bei seiner Gruppenleitung melden. Für Lea, Vanessa und Lucie war ein dreißigjähriger Sozialarbeiter namens Lars zuständig. Er hatte lange schwarze Haare, die er im Nacken zu einem Zopf band, und ebenso schwarze Augen. Mit seiner abgewetzten Wildlederhose und dem dunklen T-Shirt wirkte er ein bisschen wie ein Indianer, weshalb ihn ein paar der jüngeren Kinder in seiner Gruppe insgeheim *Winnetou* nannten.

Anders als die etwas ältere Anne, die wie ein Feldmarschall umherspazierte und alles und jeden im Auge zu haben schien, machte Lars einen ziemlich lockeren Eindruck. Er war sofort da, wenn man ihn brauchte, und beantwortete geduldig alle Fragen, ließ einen ansonsten aber gewähren.

Trotzdem hatte die Umsetzung von »Geheimplan Butterkeks« so ihre Tücken. Solange sie nicht Feldmarschall-Anne vor die Nase gerieten und diese sie unter ihre Fittiche nahm, durften Lea und Lucie tagsüber machen, was sie wollten, spätestens zur abendlichen Meldepflicht jedoch würde es Probleme geben. Auf keinen Fall konnten sie beide über Nacht dem Gelände fernbleiben.

Leas Doppelstrategie musste also unbedingt noch eine Zwillingsverdoppelungs-Aktion hinzugefügt werden – wie auch immer die aussah! Aber davon wollte Lucie sich nicht die Laune verderben lassen. Jetzt standen erst mal die Sache mit Miriam und ein Treffen mit Rabatze an.

»Smile for a while, for an hour, a minute or a day«, summte sie leise vor sich hin. »Maybe you smile just for a second, the main thing is you do it with me …«

Yeah! – Das war es doch! Ihre frühere Englischlehrerin, Frau Engels, würde begeistert sein. Und Mama, Papa, Johanna Knippke und Joris Grawe würde es garantiert ebenfalls gefallen.

»Ach was, gefallen!« Lucie stoppte vor dem Schilderbaum. Nur mal angenommen, sie würde so etwas von Rabatze bekommen, was natürlich nicht passieren würde, und worauf sie im Grunde ja auch überhaupt keinen Wert legte – Lucie würde vermutlich »dahinschmelzen …?« – Na ja, das vielleicht nicht gerade, aber auf jeden Fall würde es ihr Herz berühren.

»Was suchst du denn?«, riss eine Stimme sie aus ihren Träumereien.

Lucie wirbelte herum – und war erleichtert, dass es zumindest in diesem Moment nicht Rabatze war, der dort vor ihr stand, sondern einer der vielen Park-Betreuer, die rund um die Uhr über das Gelände spazierten und sofort an den azurblauen T-Shirts mit dem orangefarbenen *Schönerheide*-Label auf der Brust zu erkennen waren.

»Ähm … äh … also, ich wollte noch mal zum See runter«, stammelte sie.

Der Betreuer, der dunkle Augen und einen Vollbart hatte und den Lucie auf Anfang dreißig schätzte, deutete nach rechts. »Einfach immer diesem Weg folgen, dann kannst du ihn gar nicht verfehlen.«

»Danke«, sagte Lucie und trabte los.

Sie hatte gerade eine Trampolin-Anlage hinter sich gebracht, als ihr Handy piepte. Leider war es nicht Rabatze, sondern ihre Mutter, die ihr eine Nachricht geschickt hatte.

Ich hoffe, ihr hattet einen schönen ersten Tag. Schlaf schön, Süße! Ich hab dich lieb :*

Und was ist mit Papa?, dachte Lucie beklommen.

War der womöglich bereits ausgezogen?

Sie spürte, wie sich ihr der Magen zusammenkrampfte. Wenn es nämlich tatsächlich so war, kam Leas und ihre wunderbare GB-Hilfe vermutlich schon zu spät.

Nein, nein, nein! Lucie ballte die Faust. Das durfte einfach nicht sein. Nicht in dieser kurzen Zeit und schon gar nicht so holterdiepolter.

Hab dich auch lieb, schrieb sie zurück. Mehr nicht.

Ein bisschen durfte Mama ruhig im Ungewissen bleiben, fand sie.

Denn solange ihre Eltern sich nicht sicher sein konnten, dass Lea und Lucie sich im Fun-Park auch wirklich wohlfühlten, hatten sie vielleicht auch größere Skrupel, ihre Töchter mit weiteren unschönen Tatsachen zu konfrontieren.

Hoffentlich, dachte Lucie. Sie vergewisserte sich, dass Rabatze sich noch immer nicht gemeldet hatte, dann schob sie das Handy in ihre Gürteltasche und lief weiter.

Der Weg führte in einer lang gezogenen Kurve an einer riesigen Schwimmbad-Anlage mit mehreren Sprungtürmen und verschiedenen Wasserrutschen vorbei, und gleich dahinter blinkte die große spiegelglatte Fläche des Sees auf.

Das Schwimmbad war bereits geschlossen, und so nahm Lucie den schmalen Sandpfad, der an einer Hecke entlang direkt zum Ufer hinunterführte.

Ein breiter Wiesenstreifen, auf dem ein paar Jugendliche Volleyball spielten, mündete in einen nahezu ebenso breiten

Sandstrand. Auch hier tummelten sich noch eine ganze Reihe Kids, und Lucie hielt unwillkürlich Ausschau nach Rabatze, entdeckte ihn aber nirgends.

Vielleicht hatte er ihre Nachricht noch gar nicht gelesen, weil sein Akku leer war. Oder er war so sehr mit etwas anderem beschäftigt, dass er das Piepen seines Handys nicht bemerkt hatte.

Meinetwegen, durchzuckte es Lucie. Solange er nicht mit Knutschen beschäftigt war! – Ts! Und wenn schon! Was ging sie das denn an? Lucie wollte Rabatze ganz bestimmt nicht küssen. Das konnten gerne andere – ältere! – Mädchen tun. Trotzdem wünschte sie sich, dass sie ihm irgendwie wichtig war. Und zwar nicht nur als Klassensprecherin oder SMV-Kameradin.

Lucie lief ein Stück an der Wiesenkante entlang auf einen Baumstumpf zu. Sie setzte sich, zog ihre Chucks und die Strümpfe aus, vergrub ihre Füße im warmen Pulversand und ließ ihren Blick über den See gleiten.

Auf der gegenüberliegenden Seite lag ein Wald, über dessen Wipfeln sich der Himmel im Licht der Abendsonne bereits goldorange gefärbt hatte. Zu Lucies Rechten schloss sich der Zeltplatz an, der einen eigenen Zugang zum See hatte.

Eigentlich auch kein schlechter Schlafplatz, dachte Lucie. Sehr viel cooler fand sie allerdings in der Tat das Schwimm-Fort, das ein ganzes Stück weiter links von ihr über eine schmale Landzunge und eine Hängebrücke zu erreichen war.

Cool, aber irgendwie auch romantisch, das waren die Begriffe, die Lucie als Erstes dazu einfielen. Hätte es sich bei diesem Fort um eine Art Restaurant gehandelt, in dem man abends bei Kerzenschein in kuscheligen Zweiereckchen auf einem See dümpeln konnte, wäre es der perfekte Schokocreme-Ort für die Butterkekse gewesen. Und natürlich auch für JayKay und den gut aussehenden Blumenboten.

Aber egal ob auf einem See oder in der Stadt, ein Abendessen in einem schicken Lokal war auf jeden Fall romantischer als ein Kino-, Theater- oder Opernbesuch. Außerdem hatte es den Vorteil, dass Lea und sie keine Eintrittskarten kaufen mussten. Klar, so ein Essen kostete natürlich auch was, aber das würde in dem einen Fall Papa oder Mama und in dem anderen hoffentlich Joris Grawe bezahlen. Zumindest wenn es gut lief, und er und Johanna Knippke Gefallen aneinander fanden.

Lucie öffnete ihren Rucksack und holte einen Stift und ihren Schreibblock heraus.

Smile for a while ☺ for a minute ☺ an hour ☺
or a day. Maybe you smile just for a second,
the main thing is …
… you do it with me ♥

notierte sie in Schönschrift.

Donnerstag, 8. Juni, 19 Uhr im … Restaurant.
Deine Rosanna (dein Gerald, eine schöne Unbekannte, ein unbekannter Verehrer)

Mehr war gar nicht nötig, fand Lucie. Im Gegenteil. Je weniger Informationen es gab, desto geheimnisvoller wirkte es.

Mit einem zufriedenen Grunzen zog sie ihr Smartphone hervor, fotografierte ihren Entwurf und schickte ihn an Lea.

Wie findest du das?

Genial gut, kam es prompt von ihrer Schwester zurück. **Seit wann kannst du so gut Englisch?**

Lucie streckte dem Handy die Zunge heraus und beschloss, über die letzte Bemerkung hinwegzusehen.

Jetzt brauchen wir nur noch ein cooles Restaurant, erwiderte sie.

Eins?, schrieb Lea. **Willst du etwa, dass die vier sich über den Weg laufen?**

Natürlich ni… tippte Lucie, löschte es aber sofort wieder und entgegnete stattdessen: **Warum eigentlich nicht?**

Es dauerte eine Weile, bis Lea reagierte.

Na klar, Mensch!, pflichtete sie ihrer Schwester bei. **Dann hätten wir die Situation unter Kontrolle, könnten alle gleichzeitig beobachten und so vier Fliegen mit einer Klappe schlagen ;) …**

Also ehrlich, Schwesterkeks, antwortete Lucie und grinste in sich hinein. **JayKay kannst du meinetwegen als Schmeißfliege bezeichnen, aber ein Butterkeks bleibt gefälligst ein Butterkeks.**

Von Schmeißfliegen war nie die Rede :P, schrieb Lea daraufhin zurück. **Aber du hast natürlich recht: Butterkeks bleibt Butterkeks. Und mit deinem Einladungstext und dem richtigen Restaurant machen wir eine Prinzenrolle daraus ☺**

Yeah! Lucie reckte den Daumen in die Luft und stieß einen kleinen Jubelschrei aus. Endlich nahm der »Geheimplan Butterkeks« Konturen an.

Sie verstaute Block, Stift und Smartphone in ihrem Rucksack und lief zum Hängezeltplatz zurück, wo Lea, Vanessa und sie sich für ihre erste Nacht im Erlebnis-Park *Schönerheide* fertig machten.

»Kein Plan, wie dieser Italiener heißt, wo meine Eltern immer hingehen«, sagte Vanessa am nächsten Morgen, als Lea und sie vor dem Frühstücksbüfett standen. »Sag mir lieber mal, was ich essen soll.«

»Keine Ahnung«, entgegnete Lea, während sie unschlüssig das reichhaltige Angebot begutachtete. »Ich weiß es ja selber nicht.«

»Also das hier ist jedenfalls genial«, meinte Vanessa und lud sich kurz entschlossen eine Melonenspalte, einen Ananas-Ring und eine Handvoll Erdbeeren auf ihren Teller.

Stimmt, bestätigte Lea im Stillen. Aber hier können Mama und Papa leider nicht essen.

Erstens waren im Moment nur Kinder und Jugendliche bis 16 Jahre im Fun-Park willkommen, und zweitens war es hier einfach zu unromantisch.

»Es gibt übrigens eine große Rollschuhhalle hier«, erzählte Vanessa, nachdem sie sich für ein Brötchen mit Schmierkäse und Tomatenscheiben und einen Joghurt mit Crunchy-Müsli entschieden hatte. »Sogar mit Halfpipe und Rampe. Außerdem kann man dort Kreis- und Schlingenlaufen üben.«

»Super«, sagte Lea. »Ich habe meine Rollschuhe nur leider gar nicht dabei.«

»Kein Problem«, meinte Vanessa schulterzuckend. »Du kannst dir dort welche ausleihen.«

»Och, Mensch, es gibt doch so viel anderes hier«, protestierte Lea. »Der Hochseilgarten, die Kletterwand, das Schwimmbad, die Achterbahn und die vielen anderen Fahrgeschäfte, die man hier kostenlos nutzen kann«, zählte sie auf.

Vanessa nickte eifrig.

»Das machen wir auch alles«, versprach sie. »Aber zwei- oder dreimal würde ich schon gern in die Halle gehen. Zum Beispiel heute, morgen und am Donnerstag.«

Typisch! War ja klar, dass Vanessa sich ausgerechnet diesen Tag ausgeguckt hatte!

»Wieso denn so oft?«, erwiderte Lea. »Ich finde, heute und Mittwoch oder Dienstag und Freitag reichen völlig aus.«

Vanessa musterte ihre Freundin mit ernstem Blick.

»Für mich vielleicht schon«, sagte sie. »Aber du beherrschst ja noch nicht mal den Gegendreier perfekt.«

»Vielen Dank, dass du mich darauf aufmerksam machst«, brummte Lea und griff nach den Nutellaschnitten. »Für die Aufführung muss ich den auch nicht können. Und bis zu den Wettkämpfen im Herbst schaffe ich mir das alles schon noch drauf.«

»Allerdings verpasst du diese Woche unsere Trainingsstunde«, gab Vanessa zu bedenken.

»Du auch.«

»Ja.« Vanessa nickte. »Und weil ich Frau Rensen auf keinen Fall enttäuschen will …«

»Und deinen Lukas wohl auch nicht«, frotzelte Lea.

»Also erstens ist es nicht *mein* Lukas«, stellte Vanessa klar, schnappte sich Leas Nutellaschnitte und legte sie auf den Büfetttisch zurück. »Und zweitens hat das eine nichts mit dem anderen zu tun.«

»Ja, und drittens hast du mir gerade mein Brot geklaut«, meckerte Lea.

»Hab ich nicht«, widersprach Vanessa. »Ich finde nur, dass du lieber Obst essen solltest.«

»Darf ich das vielleicht selbst entscheiden?«

»Klar«, sagte Vanessa und stapelte nun gleich drei Nutellabrote auf Leas Teller. »Aber wundere dich nicht, wenn dir in zwei Stunden die Energie ausgeht.«

Lea schüttelte den Kopf.

»Was ist denn mit dir los?«, fragte sie erstaunt. »Ich dachte, wir sind hier, um Spaß zu haben.«

»Sind wir ja auch«, erwiderte Vanessa und schob sich eine Erdbeere in den Mund. »Die sind übrigens saulecker«, meinte sie grinsend.

Lea kostete ebenfalls eine.

»Stimmt«, sagte sie. »Fast so gut wie Erdbeereis.« Sie legte zwei Nutellabrote zurück und füllte den Rest ihres Tellers mit den süßen roten Beeren. »Zufrieden?«

»Jap.« Vanessa drückte ihr einen Kuss auf die Wange. »Und jetzt hör dir meinen Vorschlag an«, fuhr sie fort. »Gleich nach dem Frühstück gehen wir zur Rollschuhhalle, erkundigen uns nach der Ausleihe und schauen uns alles an. Morgen und Donnerstagnachmittag machen wir dann jeweils eine Stunde Training. In Ordnung?«

»Na gut«, sagte Lea.

Natürlich wollte auch sie ihre Trainerin nicht enttäuschen,

und Vanessa ebenso wenig. Womöglich überlegte sie es sich noch und zog am Ende den Paarlauf mit Lukas dem Zweierwettkampf mit ihr vor. Darauf wollte Lea es unter keinen Umständen ankommen lassen.

Über den Donnerstag würden sie allerdings noch mal reden müssen. Aber nicht jetzt. Schließlich war es schon ein kleines Wunder, dass Vanessa überhaupt eingelenkt hatte und nicht auf die minutiöse Durchführung ihrer Pläne bestand.

Geduld war jetzt Leas Motto – und die Freundin unter allen Umständen bei Laune halten. Vielleicht ließ sich das Donnerstagstraining dann ja doch noch auf den Freitag verschieben …

Ein Plan nimmt Gestalt an

Während Lea und Vanessa mit ihren vollgeladenen Tellern auf eine freie Ecke am Mitteltisch zusteuerten, hockte Lucie Rabatze gegenüber an einem der wenigen Zweiertische.

»Tut mir leid, dass ich mich gestern Abend nicht mehr gemeldet habe«, sagte er. »Ich war noch im Hochseilgarten und hatte mein Handy schon ausgeschaltet. Weißt du, es nervt einfach, wenn man beim Klettern ständig von diesem Gepiepe gestört wird.«

»Macht ja nix.«

Lucie unterdrückte ein Gähnen und blickte sehnsüchtig zum Frühstücksbüfett hinüber. Ihr Magen hatte das Hungerknurren bereits vor einer halben Stunde beim Zähneputzen aufgegeben, mittlerweile fühlte er sich an wie ein riesiges Loch. Außerdem hatte sie nicht besonders gut geschlafen, weil sie sich die halbe Nacht das Gehirn darüber zergrübelt hatte, an welchem Ort sich die Butterkekse am einfachsten in besagte Prinzenrolle verwandeln ließen.

Auf ihre Schwester schien Lucie sich nämlich leider nicht verlassen zu können.

Bisher hatte Lea keinen einzigen brauchbaren Vorschlag gemacht. Noch dazu hingen sie und Vanessa wie die Kletten aufeinander, sodass sich auch keine Gelegenheit mehr ergeben hatte, mal schnell unter vier Zwillingsaugen miteinander zu reden.

»Möchtest du das?«, fragte Rabatze und schob Lucie seine Müslischale hin. Er deutete auf die acht Brötchenhälften mit Salami, Schinken und Käse, die er auf seinem Teller übereinandergestapelt hatte. »Ich glaube, ich habe mich ein bisschen übernommen.«

»Oh ja, gerne.« Lucie strahlte. »Vielen Dank!«

Sie griff nach dem Löffel, tunkte ihn in das Müsli und schaufelte sich eine Fuhre in den Mund.

»Na, du hast ja mächtig Kohldampf«, stellte Rabatze grinsend fest.

»Und wie«, sagte Lucie. »Irgendwie habe ich gestern wohl zu wenig gegessen.«

»Na, da bin ich aber froh, dass ich nicht schuld daran bin, wenn du verhungerst«, erwiderte Rabatze und biss in eins seiner Salamibrötchen. »Ich find's übrigens cool, dass du mich Raba nennst«, setzte er kauend hinzu. »Gefällt mir viel besser als Rabatze.«

»Ja … Mir auch.«

Lucie schenkte ihm ein kurzes Lächeln.

Es war toll, alleine mit Rabatze an einem Tisch zu sitzen und zu frühstücken. Das hatte so etwas Vertrautes. Seltsamerweise war sie nun doch irgendwie erleichtert darüber, dass er gestern Abend nicht mit einem Mädchen herumgeknutscht hatte, sondern alleine durch den Hochseilgarten geturnt war.

»Okay«, sagte Rabatze. »Dann verrat mir mal, was du auf dem Herzen hast?«

»Ähm …?«

Lucie ließ den Löffel sinken und sah ihn irritiert an.
»Na, du weißt schon … wegen Miriam und dem Senfig«, half er ihr auf die Sprünge.
»Ach so. Klar.« Lachend schlug Lucie sich mit der Hand gegen die Stirn. »Das hätte ich jetzt fast vergessen.«
»Vor lauter Kohldampf?«, fragte Rabatze und zwinkerte ihr zu. »Von meinen Brötchen bleibt bestimmt auch noch was übrig.«
Wow! Wie fürsorglich er war! Und wie lieb er sie anschaute! Verlegen senkte Lucie den Blick in ihre Müslischale.
»Kennst du Herrn Senfig eigentlich?«, krächzte sie den Haferflocken-Rosinen-Haselnussmix an.
»Also, Unterricht hatte ich bisher bei ihm zum Glück noch nicht«, antwortete Rabatze. »Was man so hört, soll er ja ziemlich ungewöhnliche Unterrichtsmethoden haben.«
»Allerdings«, brummte Lucie. »Und Namen kann er sich auch nicht merken.«
»Hm«, machte Rabatze. »Und was hat das alles mit Miriam zu tun?«
Lucie hob den Blick und sah ihn achselzuckend an.
»Das wollte ich eigentlich von dir erfahren.«
»Tut mir leid, aber darüber weiß ich nichts«, erwiderte Rabatze. »Wie kommst du überhaupt darauf, dass es zwischen Miriam und Herrn Senfig einen Zusammenhang gibt? Außer, dass sie bei ihm Erdkunde hatte, natürlich.«
»Tja … also …«, begann Lucie zaudernd. Sie überlegte, ob sie Rabatze die Wahrheit sagen sollte, entschied sich dann aber dagegen. »Das war ein dummer Zufall …«
»Über den du nicht reden willst? … Oder *kannst*?«

Lucie nickte. »Genau.«

Sie musterte Rabatze verstohlen, der inzwischen vier Brötchenhälften verdrückt hatte und nun nach der fünften griff.

»Hmmm«, murmelte er, biss ein Stück davon ab und kaute schweigend vor sich hin.

»Bist du jetzt sauer oder was?«, fragte Lucie vorsichtig.

»Hä?« Rabatze sah sie an und lachte. »Quark, nein! Im Gegenteil: Es gefällt mir, wie du mit kniffligen Dingen umgehst. Dass du nicht gleich alles ausplauderst und auch mal was für dich behalten kannst und so. Das ist immens wichtig, wenn man Stufensprecher sein will.«

Will ich doch gar nicht, dachte Lucie und spürte, wie ihr die Röte ins Gesicht schoss. Logisch fühlte sie sich geschmeichelt, weil Rabatze eine so gute Meinung von ihr hatte. Im Zusammenhang mit Miriam und Herrn Senfig – und Papas Notizbuch – war das allerdings ein bisschen zu viel der Ehre.

»Miriam wird unsere Schule übrigens verlassen«, sagte Rabatze plötzlich.

»Oh!«

»Eigentlich soll das noch keiner wissen«, fügte er hastig hinzu. »Aber dir kann ich das ja sagen.«

Lucie runzelte die Stirn. »Und du weißt nicht, wieso?«

»Nein.« Rabatze seufzte leise. »Leider nicht. Aber letztendlich geht es mich auch nichts an. Das Wichtigste ist doch, dass Miriam sich auf ihrer neuen Schule wohlfühlt. Oder nicht?«

»Nein«, sagte Lucie und war selber ganz überrascht von ihrer Antwort. »Jedenfalls nicht, wenn es mit einem Lehrer zusammenhängt.«

»Meinst du den Senfig?«

Lucie saugte an ihrer Unterlippe und nickte bedächtig vor sich hin.

Sie dachte darüber nach, was ihre Mutter gestern kurz vor ihrem Abschied gesagt hatte, nämlich, dass es Papa wichtig gewesen sei, den Klassenwechsel möglichst schnell über die Bühne zu bringen.

Ob letzten Donnerstag wohl schon klar war, dass Miriam gar nicht auf der Adenauer-Schule bleiben würde? In dem Fall wäre der Klassentausch nämlich nur vorgetäuscht gewesen, und Papa hätte sie aus einem ganz anderen Grund in die 6a geschickt.

»Ja, genau den meine ich«, platzte es jetzt geradezu aus Lucie heraus. »Irgendwas muss zwischen Herrn Senfig und Miriam vorgefallen sein. Darauf verwette ich meinen Hintern.«

»Besser nicht«, erwiderte Rabatze. »Worauf willst du sonst sitzen?«

Lucie streckte ihm die Zunge raus.

»Sehr witzig.«

»Nee, aber mal im Ernst«, sagte Rabatze. »Die 6a ist ziemlich verschrien.«

»Ach! Und wieso?

»Na ja, Toby hat mir erzählt, dass es dort keinen Zusammenhalt gibt. Jeder zieht sein Ding durch. Wenn es allerdings darum geht, jemandem eins auszuwischen, sind fast alle ganz vorne mit dabei. Und diejenigen, die nicht mitmachen, gucken einfach weg.«

Obwohl Lucie erst einen Tag in ihrer neuen Klasse verbracht hatte, konnte sie sich sehr gut vorstellen, dass es genau so lief.

»Du denkst also, dass es eher an den Schülern gelegen hat, weshalb Miriam nicht klargekommen ist?«, hakte sie noch mal nach.

»Ja, genau das denke ich«, bestätigte Rabatze. Er griff nach einer Käsestulle und schob Lucie den Teller mit den letzten beiden Brötchenhälften hin. »Und jetzt lass uns mal über erfreulichere Dinge reden.«

Lucie war total happy, als ihr klar wurde, dass Rabatze offenbar vorhatte, den ganzen Tag mit ihr zu verbringen.

»Ich dachte, es wären noch jede Menge andere Leute aus unserer Schule hier. Gestern Abend waren jedenfalls so viele um dich herum, dass ich mich gar nicht getraut habe, dich anzusprechen«, sprudelte es aus ihr hervor, nachdem sie eine Runde auf der Achterbahn gefahren waren und nun an der Schlange zur Riesenrutsche anstanden.

»Ach, die wollten bloß irgendwelchen organisatorischen Schulkram von mir wissen«, meinte Rabatze abwinkend. »Außerdem kannst du mich immer ansprechen.«

Lucies Herz machte einen Hüpfer. »Echt?«

»Na, das ist ja wohl klar.« Rabatze grinste schief.

»Okay, dann weiß ich ja jetzt Bescheid«, erwiderte Lucie, dabei hätte sie wohl am besten gar nichts gesagt und stattdessen lieber bloß lässig mit den Schultern gezuckt. »Es sind also gar keine Freunde von dir hier?«, fragte sie schnell.

»Doch, natürlich«, sagte Rabatze und knuffte sie in die Seite. »Du.«

»Ich? … Oh! …«, stammelte Lucie.

Jetzt wusste sie überhaupt nicht mehr, wie sie reagieren sollte.

»Oder etwa nicht?«, fragte Rabatze noch immer grinsend.

»Doch, klar«, antwortete Lucie. »Es ist nur so«, lenkte sie sicherheitshalber vom Thema ab. »Ich muss noch was erledigen.«

»Wann?«

»Heute. Und zwar am besten so schnell wie möglich.«

Rabatze zuckte mit den Schultern.

»Wo ist das Problem?«

»Ähm, na ja«, begann Lucie. »Also …«

Rabatze ruckelte am Schirm seiner Baseball-Cap und sah sie fragend an.

»Wenn ich dir dabei helfen kann …?«

Lucie starrte auf sein leuchtend blaues T-Shirt mit dem blutroten Aufdruck **Keine Macht für mich, ich bin gefährlich** und blähte die Backen.

»Puh«, machte sie und hob ebenfalls die Schultern. »Keine Ahnung … Vielleicht … Ich müsste etwas schreiben, um es hinterher auszudrucken«, sagte sie schließlich.

»Ich hätte mein Tablet dabei«, meinte Rabatze und deutete auf den kleinen regenfesten Rucksack, den er fast immer bei sich trug. »Und einen Drucker gibt es bestimmt in der Anmeldung. Wenn wir der netten Dame dort ein Blümchen mitbringen und sie ganz lieb bitten, tut sie uns bestimmt einen Gefallen.«

»Sehr gute Idee.« Lucie hielt Rabatze ihre Faust hin, und er drückte seine so sanft dagegen, dass ihr für einen kurzen

Moment ganz taumelig zwischen den Ohren wurde. »Ein Problem gibt es allerdings immer noch«, setzte sie zögernd hinzu.

Abermals glitt ihr Blick über den Spruch auf Rabatzes T-Shirt.

Lucie schloss kurz die Augen, holte einmal tief Luft und begann dann, von der Sache mit Johanna Knippke und ihren Eltern zu erzählen. Familiensache und Versprechen hin oder her, es ging nun mal nicht anders. Wenn Lea sich mit eigenen Ideen zurückhielt, würde sie Lucie das – verdammt noch mal – verzeihen müssen!

In dem kleinen Zeitschriftenladen auf dem Fun-Park-Gelände bekamen sie alles, was sie brauchten: vier zartgelbe Klappkarten, dazu weiße Umschläge und 70-Cent-Briefmarken mit unterschiedlichen Motiven. Außerdem ergatterte Lucie ein Stempelset, mit dem man orangefarbene Herzen und Blüten aufdrucken konnte.

»Gestern Abend bin ich noch am Seeufer gewesen, um mir das schwimmende Fort anzusehen«, erzählte sie, nachdem alles bezahlt war und Rabatze und sie sich auf den Weg zum Anmeldehäuschen gemacht hatten. »Und dabei kam mir der Gedanke, dass ein Restaurant am Wasser ziemlich romantisch wäre.«

»Jap.« Rabatze grunzte leise. »Find ich auch.«

»Du kennst nicht zufälligerweise eins?«, fragte Lucie.

Rabatze blieb stehen und kratzte sich im Nacken.

»Doch«, sagte er. »Wobei kennen nicht ganz zutreffend

ist. Aber ich weiß, dass der gleiche Typ, der die Idee für das Schwimmfort hatte, auch ein Lokal bauen lassen wollte, in dem man beim Essen in Booten auf dem Wasser treibt. Das Ganze ist zwar nicht draußen, sondern in einem geschlossenen Raum, aber …«

»Und wo ist das?«, platzte Lucie dazwischen.

Was Rabatze da gerade beschrieb, klang absolut sensationell.

»Ich bin mir nicht ganz sicher, aber …«

Er öffnete seinen Rucksack und zog das Tablet heraus. Anschließend entsperrte er es mit seinem Zahlencode, rief Google auf und gab *Lokal mit Booten* ins Suchfeld ein.

Rabatze scrollte eine Weile rauf und runter, murmelte Unverständliches und schüttelte immer wieder den Kopf. Lucie stand mit angespannter Miene neben ihm und dachte schon, dass er es niemals finden würde, als er plötzlich einen Pfiff ausstieß.

»Hier! *La Balsa!* Das muss es sein!«, sagte er, öffnete die entsprechende Seite und stieß einen Triumphruf aus. »Volltreffer! Schau mal …« Rabatze hielt Lucie das Tablet vor die Nase. »Das ist doch total supercool, oder etwa nicht?«

In der Tat, das war es!

Genießen Sie einen besonderen Abend zu zweit stand ganz oben auf der Seite. Gleich darunter war ein Foto abgebildet, das die Atmosphäre im *La Balsa* perfekt wiedergab. Kleine Flöße, die jeweils mit einem quadratischen Holztisch und zwei Stühlen bestückt waren, bewegten sich langsam auf einer glatten Wasserfläche durch einen riesigen Raum, dessen hohe Decke wie ein Sternenhimmel gestaltet war.

»Ist allerdings bestimmt nicht ganz billig«, murmelte Lucie.

»Geht so«, erwiderte Rabatze und tippte auf die Speisekarte. »Ein Doppel-Menü mit Meeresfrüchten kostet achtzig Euro, ein vegetarisches nur fünfundsechzig. Dazu kämen dann noch die Getränke.«

Lucie schürzte die Lippen.

Ihre Eltern konnten das zweifellos bezahlen, aber was war mit dem Blumenboten? Und wie hoch das Gehalt einer Referendarin war, wusste sie auch nicht.

»Wo ist dieses *La Balsa* überhaupt?«, fragte sie.

»Im alten Schwimmbad«, kam es wie aus der Pistole geschossen von Rabatze. »Hier unten steht es: Lohfelder Landstraße 28 bis 32.« Er schlug sich gegen die Stirn. »Wusst ich's doch!«

Lucie sah ihn stirnrunzelnd an.

»Mein Vater ist Architekt«, erklärte Rabatze ihr. »Sein Büro hat sich damals, als das Schwimmbad geschlossen wurde und Pläne für eine weitere Nutzung gesucht wurden, ebenfalls beworben. Jedenfalls hat er mal von diesem Restaurant erzählt, weil er die Idee so klasse fand. Leider war sie nicht von ihm, sondern kam von einem Konkurrenz-Team. Zufälligerweise sind es die gleichen Leute gewesen, die auch die Idee mit dem Schwimmfort hatten. Architekten haben nämlich fast immer irgendwelche Spleens. Mein Dad mag es funktional und dieser hier …«, er tippte auf das Foto vom *La Balsa,* »… hat es offenbar mit Wasserromantik.«

»Okay«, entschied Lucie. »Dann nehmen wir es.«

Den Butterkeksen gefiel es garantiert, und was JayKay

und Joris Grawe betraf, kam es wohl in der Hauptsache darauf an, ob die beiden sich symphatisch fanden. Wenn das der Fall war, was sie natürlich hoffte, würde der Preis für das Essen wohl nur eine untergeordnete Rolle spielen. Und abgesehen davon würden Lea und sie so schnell sowieso nichts Besseres finden.

Vertrackte Zwillings-verdoppelungskunst

Auf dem Weg zum Anmeldehäuschen pflückte Lucie einen Strauß Wiesenblumen. Dummerweise saß heute aber nicht die nette Frau vom Vortag hinter dem Empfangstresen, sondern ein riesiger, muskulöser Typ mit Stoppelhaar und Vollbart, der mit muffiger Miene auf seine Computertastatur einhackte.

»Das Zeug kannste selber futtern«, ranzte er Lucie an, als sie ihm den Strauß entgegenhielt und ihm ihr Anliegen erklärte. »Und Drucker findste im Internet-Café.«

Lucie war dermaßen baff, dass ihr so schnell nicht einfiel, was sie darauf erwidern sollte.

»Vielen Dank für die freundliche Auskunft«, antwortete Rabatze an ihrer Stelle und zauberte sich ein strahlendes Lächeln ins Gesicht. »Wenn Sie uns jetzt noch bitte sagen könnten, wo das Internet-Café ist.«

»Ja, könnt ick«, brummte der Typ. »Die Frage is aba eher, ob ick det och will. Wat hältste davon, wenn de mir nich die Zeit stiehlst und selber mal 'n Blick auf den Plan wirfst?«

»Super Idee«, erwiderte Rabatze und reckte anerkennend den Daumen. »Von Leuten wie Ihnen sollte es echt mehr geben auf dieser Welt.«

Der Stoppelschnitt-Vollbart-Typ öffnete den Mund. Heraus kam jedoch kein einziges Wort, sondern nur ein tiefes Grunzen.

Lucie sah zwischen ihm und Rabatze hin und her, und ehe sie kapierte, wie ihr geschah, hatte dieser ihr bereits seinen Arm um die Schultern gelegt und sie ins Freie hinausbugsiert.

»Wollten wir nicht erst mal auf den Plan gucken?«, fragte Lucie irritiert.

»Ja, aber ganz bestimmt nicht vor den Augen dieses ätzenden Kerls«, schimpfte Rabatze und startete eine wahre Kanonade an wilden Flüchen, die er mit dem Satz »Eigentlich müsste man sich über den beschweren« beendete.

»Bloß nicht«, stieß Lucie erschrocken hervor. »Ich will unter gar keinen Umständen auffallen.«

»Weiß ich doch«, sagte Rabatze. Nachdem er einmal tief durchgeatmet hatte, lächelte er schon wieder. »Und jetzt komm! Wenn ich mich nicht irre, hängen in den Gemeinschaftsbaracken ebenfalls Geländepläne aus.«

Eine gute Stunde später waren die vier Karten gedruckt. Lucie und Rabatze steckten sie in Umschläge, frankierten sie und adressierten sie mit vier verschiedenen Handschriften. Zum Schluss stempelte Lucie auf die Einladung an ihre Mutter noch orangefarbene Blumen und auf die für Johanna Knippke kleine Herzen.

In unmittelbarer Nähe des Schreibwaren-Kiosks gab es einen gelben Postkasten, der noch an diesem Vormittag geleert wurde. Lucie ließ die vier Briefe hineinfallen, holte ihr Smartphone heraus und schickte Lea eine Nachricht.

Ich habe die Einladungen gerade eingeworfen. ☺

»So«, sagte sie dann. »Und was machen wir jetzt?«

»Wie wäre es mit einer Runde Slacklinen?«, schlug Rabatze vor.

»Sehr gerne«, erwiderte Lucie. »Das funktioniert aber nur gut, wenn ich dabei Lakritzdrops lutsche.«

Irgendwie brauchte sie die für ihr inneres Gleichgewicht. Sie konnte sich dann einfach besser konzentrieren.

»Wo ist das Problem?«, fragte Rabatze, für den Lucies Lakritz-Tick natürlich nichts Neues war.

»Ich habe nur noch dreißig Cent«, gestand sie zerknirscht.

»Wie bitte?« Rabatze schüttelte verwundert den Kopf. »Haben deine Eltern dir etwa kein Extra-Taschengeld mitgegeben?«

Lucie seufzte leise.

»Wahrscheinlich haben sie es vergessen, weil sie im Moment einfach zu viel anderes im Kopf haben.«

»Dann spendier ich dir eben ’ne Tüte«, beschloss Rabatze, und noch ehe Lucie widersprechen konnte, war er in den Schreibwaren-Kiosk abgetaucht. Sie wollte ihm gerade hinterhereilen, als ihr Handy piepte.

Und wohin schicken wir sie?, lautete die Nachricht von Lea.

In ein total romantisches Lokal namens La Balsa, antwortete Lucie.

Wieso hast du mir VORHER nix davon erzählt?, kam es prompt von Lea zurück.

Wann denn bitte schön? Ohnehin hätte es nur unnötig Zeit

gekostet, schrieb Lucie, woraufhin ihre Schwester zuerst drei Frust-Smileys sendete und ihnen ein paar Sekunden später die Frage **Und wo ist dieses Lokal?** folgen ließ.

Im alten Schwimmbad auf der Lohfelder Landstraße, tippte Lucie.

Ok. Und wann?

Am Donnerstagabend um halb acht.

Das kannst du vergessen!!! ☹, schrieb Lea zurück.

Und warum?

Weil ich am Donnerstag mit Vanessa Rollkunst üben muss. Das habe ich ihr versprochen und das will sie auch nicht verschieben.

Na und? Das macht doch nichts, erwiderte Lucie, musste nun allerdings fast eine Minute auf die Antwort ihrer Zwillingsschwester warten.

Mann, denkst du etwa überhaupt nicht mehr an das, was wir besprochen haben?, wetterte Lea. **Und machst jetzt wieder mal alles im Alleingang? ICH bin doch diejenige, die bei Alina pennen soll, oder nicht?**

Und ich dachte, du willst die Aktion nicht alleine starten, schrieb Lucie.

Ach so, kam es daraufhin von Lea. **Dann wollen wir Mama und Papa und Johanna Knippke also nicht bei ihren Dates beobachten? Und einfach hoffen, dass es schon irgendwie gut geht???!!!**

Das hängt ganz allein von dir ab, gab Lucie zurück. **Ich kann jedenfalls nicht bei Alina übernachten. Die merkt sofort, dass ich es bin. Und Vanessa ist ja nun mal leider nicht zu Hause, sondern ebenfalls hier.**

Wieder herrschte eine ganze Weile Sendepause.

Unterdessen kehrte Rabatze mit drei Tüten Lakritzdrops aus dem Kiosk zurück.

»Mit wem schreibst du?«, wollte er wissen.

»Mit meiner Schwester«, sagte Lucie. »Ich glaube, sie hat Muffensausen.«

Sie hatte es kaum ausgesprochen, da ploppte Leas Nachricht rein.

Und was, wenn wir beide zusammen am Donnerstagnachmittag den Park verlassen?

Hallo!, entgegnete Lucie. **Wir müssen uns VOR dem Abendessen bei der Betreuung melden.**

Ich weiß!, antwortete Lea. **Aber wir könnten doch einfach vor dem Lokal warten, bis Mama und Papa herauskommen und alles aufklären. Und danach bleiben wir dann eben zu Hause.**

»Ich fasse es nicht«, brummte Lucie kopfschüttelnd, und ihre Finger flogen nun geradezu über das Display.

Du willst ihnen also wirklich allen Ernstes den Abend verderben?!!!! ☹

Nein!!!!

Na also!, schrieb Lucie. **Du hast Alina hoffentlich noch nicht erzählt, dass wir in Schönerheide sind.**

Natürlich nicht!!!!

Gut! Dann frag sie jetzt, ob du zwei Nächte bei ihr pennen kannst.

Und was ist mit Vanessa?

Für die bin ich ab übermorgen Nachmittag du, erwiderte Lucie.

Das geht nicht, entgegnete Lea.

Und wieso nicht?

Wegen ROLLKUNSTLAUF! Mann ey, das habe ich dir doch eben schon geschrieben.

Egal, tippte Lucie ins Display. **Ich krieg das schon hin.**

Das glaubst du ja wohl selber nicht, kam es prompt von Lea zurück. **Zwischen Eishockey und Rollkunstlaufen liegen Welten!!!**

Dann werde ich am Donnerstag eben krank, schlug Lucie vor.

Hahaha!

Oder du machst deine Sache heute so gut, dass ich Vanessa davon überzeugen kann, dass wir am Donnerstag gar nicht mehr üben müssen.

Vergiss es, entgegnete Lea. **Du kennst doch Vanessa. Wenn die sich einmal was in den Kopf gesetzt hat, wird es auch durchgezogen. Basta!**

Höchste Zeit, dass sich das ändert, dachte Lucie bei sich.

O.k. schrieb sie. **Entweder wir überlassen Johanna Knippke und die Butterkekse sich selbst oder du quartierst dich für anderthalb Tage bei Alina ein. Eine andere Möglichkeit gibt es nun mal leider nicht. Ich gehe jetzt mit Rabatze zum Slacklinen … und du meldest dich bitte erst wieder, wenn du dich entschieden hast.**

»Ooaaarrrh!«, knurrte Lea.

Wutentbrannt stopfte sie ihr Handy in ihre Gürteltasche.

Das war ja mal wieder typisch Lucie! Zuerst schob sie ihr den Schwarzen Peter zu und dann antwortete sie nicht mal auf ihre Frage, ob Rabatze etwas über Miriam und Herrn Senfig erzählt hätte.

»Was ist denn los?«, fragte Vanessa.

Inzwischen ging es auf Mittag zu, und Lea und sie waren gerade vor der Rollschuhhalle angekommen. Die Sonne schien warm vom nahezu wolkenlosen Himmel herab, und es wehte nur ein leichter Wind. Der ganze Park erschallte von fröhlichen Stimmen wider. Nur Lea machte ein griesgrämiges Gesicht.

»Meine Schwester schreibt nicht zurück«, maulte sie.

»Vergiss sie doch einfach mal«, erwiderte Vanessa ein wenig genervt. »Du siehst sie jeden Tag. Zu Hause und in der Schule. Wenn ihr später mal verheiratet seid, könnt ihr ja auch nicht ständig aufeinanderhocken.«

»Klar können wir das«, versuchte Lea zu scherzen. »Wir heiraten einfach denselben Mann.«

»Ach, du bist blöd«, brummte Vanessa.

»Überhaupt nicht.« Lea tippte auf ihre Gürteltasche. »Lucie und ich haben keine Zwillingskrankheit, falls du das denkst«, betonte sie. »Aber die Sache hier ist wirklich wichtig.«

»Worum geht es denn?«, wollte ihre Freundin wissen.

»Um die Schule«, antwortete Lea.

Über alles andere konnte sie ja nun mal nicht reden.

»Ist nicht dein Ernst«, knurrte Vanessa. Sie riss die Hallentür auf und stapfte in den Vorraum. »Wir haben Ferien, falls dir das noch nicht aufgefallen ist. Garantiert meldet deine Schwester sich nicht, weil sie irgendwo in diesem tollen Park gerade mächtig Spaß hat und die Schule einfach mal vergessen will.«

Lea seufzte leise. Das konnte sogar stimmen.

»Hast recht«, murmelte sie und folgte Vanessa zu der jungen Frau mit dem blonden Seitenzopf, die hinter einem Holztresen stand und gegen eine Pfandgebühr von drei Euro Rollschuhe verlieh.

»Wie lange werdet ihr bleiben?«, fragte sie, während sie Lea ein Paar in Größe sechsunddreißig reichte. »Nur so ungefähr.«

»Nicht lange«, antwortete Vanessa. »Wir kommen nur zum Schnuppern … also höchstens bis zum Mittagessen.«

Eigentlich wollten wir heute nicht schnuppern, sondern nur mal gucken, dachte Lea. Sie protestierte aber nicht, sondern legte widerspruchslos drei Euro-Münzen hin, nahm die Rollschuhe vom Tresen und trottete ihrer Freundin hinterher.

Der Weg zu den Umkleideräumen führte die beiden Mädchen an einer Prospektwand vorbei, in der Info-Flyer zu allen möglichen Veranstaltungen steckten. Das Faltblatt mit dem pinkfarbenen Aufdruck *Individuelle Kuchenkreationen frei Haus,* den Lea bereits in der vergangenen Woche in Johanna Knippkes rotem Minicooper gesehen hatte, fiel ihr sofort ins Auge. – Hilfe! Musste sie denn jetzt schon an jeder Ecke an diese falsche Schlange erinnert werden!

Hastig legte Lea einen Zahn zu und erreichte vor Vanessa die Tür zum ersten Umkleideraum. Auch sie würde jetzt alle Probleme für ein paar Stunden vergessen und ebenso wie Lucie einfach mal ein bisschen Spaß haben – basta!

Die Halle war riesig, und außer Lea und Vanessa tummelten sich hier nur wenige Kinder und Jugendliche, die sich bei dem schönen Wetter offenbar lieber draußen aufhielten. Die meisten sausten durch die Halfpipe und über die Rampe. Drei kleine Jungen jagten mit unsichtbaren Schlägern einem unsichtbaren Puck hinterher, und eine Vierzehnjährige, die Lea vom Sehen aus der Schule kannte, übte eine Pirouette ein.

Lea und Vanessa begannen mit dem Rückwärtslaufen, zuerst alleine, dann einander an den Händen haltend. Erst danach probierten sie alle Drehungen und Figuren, die Frau Rensen für die Aufführung eingebaut hatte und die auch für die anstehenden Wettkämpfe verlangt wurden.

Das meiste klappte auf Anhieb, und die Zeit verging wie im Flug.

»Hoffentlich ist es morgen wieder so leer«, meinte Lea, nachdem sie die Rollschuhe abgegeben hatte, und Vanessa und sie sich zum Mittagessen in Richtung einer der überall auf dem Gelände verteilten Imbisshütten in Bewegung setzten. »Es hat total Spaß gemacht.«

»Ja, ja«, neckte Vanessa sie. »Dabei wolltest du eigentlich gar nicht.«

»Doch nur, weil es hier so viel anderes gibt«, erwiderte Lea. »Und weil ich dachte, dass ich auf fremden Rollschuhen nicht so gut laufen kann.«

»Tja …« Vanessa kniff sie in den Oberarm. »Falsch gedacht.«

Lea nickte und grinste.

»Weißt du was«, sagte sie und rieb sich über den Bauch. »Ich hab jetzt richtig Hunger auf Pizza.«

Lucie hatte nicht so viel Glück wie ihre Schwester. Als Rabatze und sie auf der Slackline-Wiese ankamen, waren alle Bänder besetzt. Also trugen die beiden sich in eine Terminliste für den nächsten Vormittag ein und machten sich auf zum Hochseilgarten. Auch dort war eine Menge los, und sie mussten über eine Stunde anstehen, um in den Anfänger-Parcours zu starten. Aber das war Lucie beinahe egal, sie genoss auch so jede freie Minute mit Rabatze.

Außer mit Lea hatte Lucie sich noch nie mit jemandem so gut verstanden wie mit ihm. Sie amüsierten sich über die gleichen Dinge, und es gab nicht eine Sekunde, in der ihnen der Gesprächsstoff ausging.

Natürlich hatte Lucie die WhatsApp-Nachrichten ihrer Schwester registriert, und es fiel ihr schwer, nicht darauf zu antworten.

Und trotzdem: Je weniger sie über den *La Balsa*-Ausflug diskutieren konnten, desto eher würde Lea sich beruhigen und hoffentlich einsehen, dass sie gar keine andere Wahl hatte, als den Fun-Park für anderthalb Tage zu verlassen. Das zumindest hoffte Lucie, und deshalb war sie wild entschlossen, möglichst lange eisenhart zu bleiben.

Als Lea und Vanessa jedoch nicht zum Abendessen auftauchten, fing Lucie an, sich Sorgen zu machen. Schweren Herzens verabschiedete sie sich von Rabatze.

»Ich muss jetzt mal herausfinden, was mit meiner Schwester los ist«, erklärte sie ihm. »Du bist doch nicht sauer, oder?«, fragte sie vorsichtig hinterher.

Schließlich war es erst Viertel vor sieben, und sie hätten noch jede Menge unternehmen können.

»Quark mit Kräutern«, sagte Rabatze und zwinkerte Lucie zu. »Das ist überhaupt kein Thema. Ich weiß doch, dass ihr noch einiges miteinander zu bereden habt.« Er umschloss seinen rechten Daumen und boxte Lucie sachte gegen die Schulter. »Auch wenn es ohne dich hier nur halb so viel Spaß bringt … I wish you good luck, ladies!«

Lucie hatte das Gefühl, von Flügeln zum Hängezeltplatz getragen zu werden. Ihre Schritte waren schnell und federleicht, und sie mochte gar nicht daran denken, dass sie Rabatze schon bald erst einmal nicht mehr treffen konnte und stattdessen nur noch mit Vanessa herumhängen würde. – Wie, zum Teufel, sollte sie das bloß durchhalten? Genau genommen hatte sie es nämlich echt weitaus schlechter getroffen als ihre Schwester. Lea sollte sich also mal bloß nicht so anstellen!

Doch leider wirkte ihre Zwillingsschwester alles andere als entspannt, als Lucie die Strickleiter zu deren Doppelzelt erklomm und ihren Kopf durch den Reißverschlussspalt steckte.

»Da bist du ja endlich!«, blaffte Lea. »Wieso hast du nicht geantwortet? Ich hab mir tierische Sorgen gemacht!«

»Ich auch«, erwiderte Lucie.

»Wieso denn das?«, fragte Lea verwundert.

»Zum Beispiel, weil du nicht zum Abendessen gekommen bist.«

»Ach so!« Leas Mundwinkel bogen sich nach oben. »Na ja … Vanessa und ich haben uns mittags eine Riesenpizza geholt. Davon bin ich noch immer pappsatt«, erklärte sie und fragte im nächsten Atemzug: »Wieso hast du dich nicht einfach bei Lars oder Anne erkundigt, ob ich mich gemeldet habe?«

»Vielleicht, weil ich die Aufmerksamkeit nicht unnötigerweise auf uns lenken wollte«, behauptete Lucie, während sie ihren Blick durch das Zeltinnere gleiten ließ.

Die Wahrheit war: Daran hatte sie überhaupt nicht gedacht.

»Wo ist Vanessa überhaupt?«

»Im Waschraum«, sagte Lea und fuchtelte über ihrem Kopf herum. »Sie macht irgendwas mit ihren Haaren. So wahnsinnig viel Zeit haben wir also nicht.«

»Okay, dann sagst du mir am besten gleich mal, wie du dich entschieden hast«, forderte Lucie ihre Schwester auf.

»Nee, tu ich nicht«, erwiderte Lea heftig mit dem Kopf schüttelnd. »Zuerst beantwortest du meine Frage wegen Miriam.«

»Hä? Welche Frage?«

»Na, ob Rabatze etwas über die Sache mit ihr und Herrn Senfig weiß.«

»Ach so«, meinte Lucie, schüttelte dann allerdings ebenfalls mit dem Kopf. »Alles, was er mir sagen konnte, war, dass Miriam die Schule gewechselt hat.«

»Echt?« Lea betrachtete ihre Schwester stirnrunzelnd. »Und wieso hat Papa dich dann in die a gesteckt?«

»Keine Ahnung«, erwiderte Lucie. »Und ich fürchte, dass wir das auch nicht so schnell herausfinden werden. So …«, fuhr sie energisch fort, »und jetzt heraus mit der Sprache! Fährst du oder fährst du nicht?«

Lea senkte den Blick und wiegte ihren Kopf hin und her.

»Na, klar«, sagte sie schließlich. »Ich will doch wissen, ob tatsächlich alle vier zu diesem *La Balsa*-Restaurant kommen.«

»Oh, du bist echt die beste Schwester auf der ganzen Welt!«, quiekte Lucie.

Sie streckte ihre Hand nach Lea aus, zog sie zu sich herüber und bepflasterte ihr Gesicht mit Küssen.

»Bäh! Jetzt hör aber auf!«, kicherte Lea und befreite sich aus dem Griff ihrer Zwillingsschwester. »Und wehe Vanessa kündigt mir die Freundschaft, nachdem sie ein paar Stunden mit dir verbracht hat!«

»Oh Mann!« Lucie verdrehte stöhnend die Augen. »Mach dir mal nicht ins Hemd. Ich werde schon schön brav nach Sweetie-Nessies Nase tanzen.«

Lea nickte. »Gut.«

»Und mit Alina gab es keine Probleme?«, fragte Lucie.

Lea zuckte die Achseln. »Nö.«

»Du kannst also bei ihr pennen?«, vergewisserte sich Lucie.

»Klar.«

»Und sie ist auch kein bisschen misstrauisch geworden?«

Lea schüttelte den Kopf. »Quatsch, wieso denn?«

»Ach nix«, murmelte Lucie.

Irgendwas an der Sache kam ihr komisch vor. Vielleicht war es Leas Stimme, die ein bisschen anders geklungen hatte als sonst. Vielleicht bildete sie sich das aber auch nur ein. Egal!

Lucie wollte lieber nicht länger darüber nachdenken. Es würde schon alles gut gehen.

Am Dienstag legte der Wetterfrosch noch mal eins drauf. Kein einziges Wölkchen zierte den strahlend blauen Himmel, und die Temperaturen kletterten bereits am Vormittag auf über zwanzig Grad.

Lea und Vanessa verbrachten fast drei Stunden in der Rollschuhhalle, während Lucie und Rabatze sämtliche Fahrgeschäfte durchprobierten und darüber beinahe ihren Slackline-Termin vergaßen.

Eine halbe Stunde vor dem Abendessen trafen alle vier auf dem Riesentrampolin zusammen, wo Lea sofort auf Lucie zuhüpfte und sie behutsam außer Hörweite schob.

»Vanessa und ich haben eine eigene Choreografie einstudiert«, raunte sie ihrer Schwester ins Ohr. »Ich werde sie überreden, morgen schon daran weiterzutrainieren und dafür am Donnerstag dann nicht noch einmal in die Halle zu gehen.«

»Puh«, sagte Lucie. »Hoffentlich hört sie auf dich.«

Wenn nicht, würde sie sich nämlich ihre eigene Choreografie ausdenken müssen – und wenn sie einen zehnstündigen Dauerdurchfall bekam! Irgendetwas würde ihr schon einfallen.

Zunächst einmal galt es aber, Rabatze klarzumachen, dass sie ihn anderthalb Tage lang nahezu komplett ignorieren würde.

»Na hör mal«, sagte er in gespielter Empörung, »die eine oder andere Nachricht wirst du mir doch wohl schicken können, um mich wenigstens über den Stand der Dinge auf dem Laufenden zu halten.«

Lucie versprach es.

»Aber komm bloß nicht auf die Idee, Vanessa und mir hinterherzuspionieren«, beschwor sie ihn.

»Wieso eigentlich nicht?«, erwiderte Rabatze und grinste sein schiefes Grinsen. »Eigentlich könnte ich mich doch auch mit Lea anfreunden und sie Vanessa ausspannen.«

»Untersteh dich, Raba!«, warnte Lucie mit ernstem Gesicht. »Das würde mir meine Schwester nämlich niemals verzeihen.«

Sosehr sie Rabatze auch mochte, aber wenn es drauf ankam, war Lea die Nummer eins. Das war ja wohl mal klar!

Vom Butterkeks zur Prinzenrolle?

Zwei Tage später saß Lea auf einem Zweierplatz im hinteren Teil des Flixbusses und brauste ihrem Zuhause entgegen.

Vormittags hatten Vanessa und sie noch ein wenig an ihrer Choreografie gefeilt und gleich danach zusammen zu Mittag gegessen – diesmal Falafel mit Hummus und Couscoussalat.

Um Viertel vor drei war Lea dann wie verabredet zu den Toiletten gelaufen und hatte Lucie ihr Nachthemd und außerdem noch eine Jeans, eine Shorts, zwei T-Shirts und einen Hoodie von sich gebracht. Sie hatten Schuhe, Jacken und Rucksäcke getauscht, und Lucie hatte ihre Schwester mit allen notwendigen Informationen versorgt.

Bisher hatte zum Glück auch alles wie am Schnürchen funktioniert, trotzdem war Lea total mulmig zumute. Noch nie war sie alleine so eine weite unbekannte Strecke mit dem Bus gefahren, und am liebsten hätte sie Lucie alle zehn Minuten eine Nachricht geschickt. Wenn deren Handy allerdings ständig gepiept hätte, wäre Vanessa garantiert misstrauisch geworden. In den letzten vier Tagen hatte Lea insgesamt nämlich nur drei SMS bekommen: zwei von ihrer Mutter und eine von ihrem Vater. Abgesehen davon besaßen die Schwestern zwar das gleiche Handymodell, jedoch in verschiedenen Farbtönen, und das wäre Vanessa todsicher auch aufgefallen.

Ursprünglich hatte Lea die Smartphones eigentlich ebenfalls tauschen wollen, aber damit war Lucie nicht einverstanden gewesen.

»Alina schreibt an dein Handy und nicht an meins«, hatte sie argumentiert. »Außerdem möchte ich gerne mit Rabatze Kontakt halten.«

»Was hast du ihm eigentlich erzählt?«, hatte Lea ihre Schwester gefragt. »Der findet es doch bestimmt komisch, dass du auf einmal keine Zeit mehr für ihn hast.«

»Ich habe ihm gesagt, dass ich einen Zahnarzttermin habe, der nicht verschoben werden könnte, und ich nicht genau wüsste, wann Mama oder Papa mich wieder nach *Schönerheide* bringen würden«, war Lucies Antwort gewesen. »Und das werde ich auch deiner Freundin Vanessa auf die Nase binden … Falls sie sich überhaupt dafür interessiert, wo ich abgeblieben bin.«

Besonders glaubhaft fand Lea diese Begründung zwar nicht, aber daran ließ sich ja nun nichts mehr ändern.

Zum Abschied hatten die Schwestern sich noch einmal fest umarmt und einander geschworen, sich gegenseitig die Daumen zu drücken. Außerdem hatte Lucie Lea hoch und heilig versprochen, sich an den Kosten für den Flixbus zu beteiligen, sobald sie frisches Taschengeld bekam.

»Wenn du wüsstest«, murmelte Lea und warf einen Blick auf ihr dunkelblaues Handy, das aus dem Seitenfach ihres Rucksacks hervorlugte.

Erstens hatte Mama ihr kurz vor der Abreise am Sonntag

fünfzig Euro Extrageld zugesteckt, das sie mit Lucie teilen sollte, und was sie selbstverständlich auch tun würde – sobald sie am Freitag in den Fun-Park zurückgekehrt war. Und zweitens würde Lea nicht bei Alina übernachten, weil die nämlich gar nicht zu Hause war.

Och, Mensch, ich bin bei meiner Oma im Harz ☹, hatte sie Lea bereits am Dienstagnachmittag geschrieben. **War eine Spontanidee von meiner Mutter. Na ja, eigentlich ist es ganz cool hier ☺. Ich bin aber am Freitag wieder zurück und vielleicht klappt es zum Wochenende ja noch mit einer Übernachtung *-***

Tja, dann ist es leider zu spät, hatte Lea gedacht und Alinas Nachricht vorsichtshalber gelöscht. Schließlich hatte sie da noch nicht ahnen können, dass Lucie die Smartphones eh nicht tauschen wollte.

Ohnehin hatte Lea inzwischen eine andere Übernachtungsidee, von der sie ihrer Schwester allerdings wohlweislich nichts erzählt hatte. Es war nämlich kaum anzunehmen, dass Lucie damit einverstanden gewesen wäre.

Am Hauptbahnhof verließ Lea den Flixbus. Sie stieg in den 68er und fuhr bis zur Sonnenallee. Zwei Straßen weiter bog sie in die Albertusstraße ein und zwei Minuten später stand sie vor Otto von Leipnitz' Haustür.

»Bitte, bitte, sei zu Hause«, flehte sie leise, als sie auf den Klingelknopf drückte. »Ich weiß nämlich nicht, wo ich sonst unterkommen soll.«

Diesmal war Opa Pistorix tatsächlich so schnell wie ein Papierflieger im Windkanal. Lea hatte ihren Finger gerade von der Klingel genommen, da ertönte bereits der Summer. Sie drückte die Tür auf und trat ins Treppenhaus.

»Ach, ihr seid es, Zwengelchen!«, rief Otto von Leipnitz.

Er klang ein bisschen enttäuscht.

»Tut mir leid, dass ich dich nicht vorgewarnt habe«, erwiderte Lea zerknirscht. Sie stoppte mitten auf der Treppe. »Du hast doch nicht etwa gedacht, ich wäre Oma Billie!«

»Nein, nein.« Otto von Leipnitz machte eine abwehrende Handbewegung. »Soweit ich weiß, ist sie mit ihrem dummen Heini im Pfingsturlaub. Auf den Kanarischen Inseln!«, fügte er abfällig hinzu. »Als ob es dort schöner wäre als an der Ostsee oder im Schwarzwald!« Dorthin waren er und Leas Großmutter früher nämlich immer gereist. »Ich erwarte eigentlich jemand anderen«, fuhr Otto von Leipnitz fort und reckte den Hals in Richtung Haustür. »Wo ist denn dein Zwillings-Zwengelchen?«, fragte er verwundert.

»Ich komme allein«, sagte Lea, während sie die letzten beiden Stufen erklomm. »Lea verbringt ein paar Tage mit ihrer Freundin im Erlebnis-Park *Schönerheide.*«

Es fiel ihr verdammt schwer, Opa Pistorix anzulügen. Wenigstens geschah es für einen guten Zweck, und das tröstete sie ein wenig. Abgesehen davon konnte er Lucie und sie ja sowieso nicht auseinanderhalten. Und da Lea nun mal als ihre Schwester hierhergekommen war, wollte sie die Geschichte auch weiter so durchziehen. Nur für den Fall, dass Opa Pistorix womöglich auf die Idee kam, im Fun-Park anzurufen.

»Ach, und da ist dir wohl langweilig geworden, was?«, erwiderte Otto von Leipnitz. Er tätschelte Lea liebevoll die Wange und ließ sie in die Wohnung treten. »Du hast aber ganz schön viel Gepäck dabei«, meinte er und deutete auf ihren prall gefüllten Rucksack.

»Wenn es dir nichts ausmacht, würde ich gerne bis Freitagmorgen bei dir bleiben«, sagte Lea leise.

»Nein, natürlich nicht«, gab ihr Großvater zurück. »Außer meinen Asterix-Heften und einem alten *Mensch ärgere dich nicht*-Spiel habe ich zwar nicht viel Unterhaltung zu bieten. Aber wenn dir zu Hause die Decke auf den Kopf fällt … Deine Eltern wissen doch hoffentlich Bescheid … ähm, Lucie?«

»Klar«, schwindelte Lea.

Sie vermied es, Opa Pistorix in die Augen zu sehen, und lief einfach weiter auf das Wohnzimmer zu.

»Und es gibt auch ganz sicher keine Probleme bei euch daheim?«, bohrte Otto von Leipnitz weiter.

Lea schüttelte den Kopf – und blieb wie angewurzelt auf der Türschwelle stehen.

»Was ist denn hier los?«, stieß sie hervor.

Im ganzen Wohnzimmer waren Tortenschachteln verteilt. Sie türmten sich auf dem Tisch und dem Sideboard. Sogar auf dem Sofa und den Sesseln lagen welche herum.

»Bist du dem Backwahn verfallen? … Oder ist dir auch einfach bloß langweilig?«

»Beides, Zwengelchen, beides«, sagte Otto von Leipnitz. Einen Atemzug später spürte Lea seine warmen Hände auf ihren Schultern. »Und ich kann dir sagen, ich habe mir eine ganze Menge Ärger damit eingehandelt. Auch und vor allem mit deinen Eltern.«

Erst jetzt entdeckte Lea auf einer der oberen Schachteln einen Stapel rosafarbener Flyer mit der Aufschrift *Individuelle Tortenkreationen frei Haus*.

»Hast du etwa einen Kuchenlieferservice aufgemacht?«, platzte es aus ihr heraus.

»Nun ja. Zumindest habe ich es versucht.«

Lea wirbelte herum und klatschte in die Hände.

»Was für eine coole Idee! Darauf hättest du eigentlich schon viel eher kommen können!«

»Genau das habe ich mir auch gedacht«, gab ihr Großvater leise seufzend zurück. »Ich habe mir einen ganzen Vorrat an Tortenschachteln zugelegt, Faltblätter drucken und in der Stadt verteilen lassen und angefangen zu backen … und zu liefern. So *cool*, wie du meinst, ist die Sache dann aber leider doch nicht gewesen.«

Lea musterte ihn stirnrunzelnd. »Und wieso nicht?«

»Ganz einfach«, erklärte Otto von Leipnitz. »Weil man so etwas ohne Fachpapiere und Gesundheitszeugnis nicht machen darf. Außerdem gibt es jede Menge Hygienevorschriften, die man einhalten muss, wenn man einen Handel mit leicht verderblichen Lebensmitteln aufzieht.«

»Puh!«, sagte Lea. »Du bist also aufgeflogen?«

»Allerdings«, bestätigte ihr Großvater. »Es hat keine zwei Tage gedauert, da stand ein ziemlich strenger Herr vom Gesundheitsamt namens Konradin von Weckel vor meiner Tür und drohte mir mit einer Anzeige.«

»Konradin von Weckel?«, murmelte Lea.

Irgendwo hatte sie diesen Namen doch schon mal gehört! Wenn sie nur wüsste, wann und wo … Na klar! Plötzlich fiel es ihr ein. Kohlrabi Weckle. Das hatte Punkt-um krakeelt, und wenn das Ganze nicht so eine schrecklich ernste Angelegenheit gewesen wäre, hätte Lea jetzt wahrscheinlich einen Lachanfall gekriegt.

»War dieser Typ etwa auch bei uns zu Hause?«, fragte sie.

»Mhm.« Otto von Leipnitz nickte bekümmert. »Ich glaube, ich habe mit meiner Idee einen ziemlichen Wirbel veranstaltet. Deine Eltern waren ganz schön sauer auf mich. Meinetwegen konnten sie nicht einmal ihren Hochzeitstag richtig genießen, was mir natürlich besonders leidtut.«

Lea starrte ihren Großvater an.

»D-dann …«, stammelte sie … hatten die Butterkekse sich also gar nicht wegen irgendwelcher dusseliger Eheprobleme gezankt, sondern wegen Opa Pistorix' Tortenservice! »U-und jetzt?«

»Alles gut, Zwengelchen«, erwiderte Otto von Leipnitz und wuschelte seiner Enkeltochter zärtlich durchs Haar. »Deine Mutter hat sich mächtig reingehängt und diesen Herrn Konradin von Weckel dazu gebracht, mir eine zweite Chance zu geben. In Zukunft werde ich mit einer Konditorei zusammenarbeiten und meine Torten in einer echten Backstube herstellen.«

»Oh, Mann, Opilein, das ist ja super!«, rief Lea jubelnd, und dann erzählte sie ihrem Großvater die komplette Wahrheit und warum sie wirklich hergekommen war.

Lucie genoss ihre neue Rolle. In den Klamotten und der Haut ihrer Zwillingsschwester zu stecken, machte ihr einen

Riesenspaß. Vanessa checkte nämlich tatsächlich überhaupt nichts. Während sie zusammen am See in der Sonne lagen, plapperte sie ununterbrochen von irgendeinem Lukas, mit dem sie paarlaufen wollte, von dem Glitzerkostüm, das sie zur Aufführung tragen würde und von den Shampoo- und Haarpflege-Pröbchen, die sie aus ihren Girlie-Zeitschriften herausgerissen hatte, und die sie nun eins nach dem anderen durchprobierte.

In ihrem normalen Lucie-Leben hätte Lucie diese Art Gespräche zum Schnarchen langweilig gefunden, jetzt aber amüsierte sie sich königlich über Vanessas Mädelsthemen und ließ sich sogar dazu herab, in ihren Zeitschriften zu blättern und den einen oder anderen fachmännischen Kommentar abzugeben.

Klappt alles giga!, schrieb sie Lea am Mittwochabend. **Bin um halb sechs in meinen Klamotten zu Anne, um mich zu melden, und eine halbe Stunde später dann wieder als du mit Vanessa zu Lars. Sie merkt absolut nichts. ☺ ☺ ☺ :***

Hier ist auch alles supi, antwortete Lea knapp. **Bin gut angekommen. Bis morgen :***

Mehr hörte Lucie nicht von ihrer Schwester, was sie allerdings keineswegs verwunderte. Denn die hatte wohl genug mit Alina zu tun. Lucie verbrachte die Nacht mit Vanessa im Doppelhängezelt in einer Duftwolke aus Pfirsichshampoo und Vanille-Lotion und startete gut gelaunt in den Donnerstag.

Bis kurz vor halb drei Uhr am Nachmittag gab es keine besonderen Vorkommnisse. Vom Klo aus whatsappte Lucie mit Rabatze und verabredete sich zu einem »zufälligen« Mittagessen am Pizzastand in der Nähe der Rollschuhhalle.

Aber nenn mich bloß nicht Lucie!, ermahnte sie ihn.

Tu ich doch nie ;), schrieb Rabatze zurück.

Er verhielt sich auch wirklich vorbildlich, plauderte mit den Mädchen über ihre bisherigen Erlebnisse, erzählte vom Hochseilgarten und seinen neuesten Kunststücken auf der Slackline und erkundigte sich artig nach Lucies Zahnbeschwerden.

Nach wie vor lief alles wie geschmiert, bis es zu regnen anfing und Vanessa auf die Idee kam, doch noch ein wenig für die Choreografie zu üben.

»Och nö«, maulte Lucie. »Keine Lust. Lass uns lieber die Karussells ausprobieren. Da waren wir noch gar nicht.«

»Seit wann willst du denn auf die Raupe oder die Achterbahn? Du Schissi!«, neckte Vanessa sie.

»Ich bin überhaupt kein Schissi«, entgegnete Lucie empört. »Wetten, dass ich mich sogar auf die Achterbahn traue?«

»Okay.« Vanessa zuckte die Achseln. »Aber zuerst gehen wir in die Halle.«

»Das ist doch bescheuert!«, regte Lucie sich weiter auf. »Ehe du deine Rollschuhe geholt hast, sind wir dreimal bei den Fahrgeschäften.«

Vanessa stemmte die Hände in ihre Taille und sah Leas Schwester herausfordernd an.

»Weißt du was … Lucie …?«, sagte sie mit einem Lächeln, das sich von einem Ohrläppchen zum anderen zog. »Ich leihe mir einfach welche aus. Ich bin nämlich schon sehr gespannt, wie gut Lea unsere Choreo mit dir eingeübt hat.«

Lucie spürte regelrecht, wie ihr die Farbe aus dem Gesicht wich.

»Aber …«, begann sie, doch Vanessa fuhr sofort dazwischen.

»Vor allem aber würde ich jetzt gerne wissen, was ihr hier für ein Ding abzieht!«

Lucie war so baff, dass sie erst einmal keinen Ton mehr über die Lippen brachte.

»Woher weißt du …?«, stammelte sie.

»Dachtest du echt, ich merke das nicht?«, unterbrach Vanessa sie aufs Neue. »Für wie hohl hältst du deine Schwester eigentlich? Oder mich? Hast du im Ernst geglaubt, dass wir uns die ganze Zeit nur über irgendwelche Jungs, Haarshampoos und Models unterhalten?«

»Ähm …«

»Also, raus mit der Sprache: Was soll dieses ganze Theater? Und wo zur Hölle ist Lea? Soweit ich weiß, sind ihre Zähne nämlich vollkommen in Ordnung.«

»Ich … Ach, scheiße!«, brach es aus Lucie hervor. »Es ist wegen unserer Eltern«, setzte sie zu einer Erklärung an, doch dann schossen ihr ganz un-Lucie-like die Tränen in die Augen, und wieder bekam sie kein Wort mehr heraus.

»Hey«, sagte Vanessa leise. »Hey!«

Im nächsten Moment lagen die beiden Mädchen einander in den Armen. Lucie wischte sich die Augen trocken und erzählte. Vanessa unterbrach sie kein einziges Mal. Erst als Lucie fertig war, fragte sie: »Was machst du eigentlich noch hier?«

»Ähm … wieso? Ich kann doch nicht …«

»Aber ich«, sagte Vanessa und zog ihr Handy hervor. »Ich rufe jetzt meine Mutter an. Die hat Zeit ohne Ende und freut sich, wenn sie Lea … und dir natürlich auch … einen Gefallen tun kann.«

Otto von Leipnitz hatte es sich nicht nehmen lassen, seine Enkeltochter auf ihrer »Vom Butterkeks zur Prinzenrolle«-Aktion zu begleiten. Nachdem Lea ihm tags zuvor alles erzählt hatte, hatten die beiden so lange *Mensch ärgere dich nicht* gespielt, bis sie fast über dem Küchentisch zusammengesunken und eingeschlafen wären.

Gleich heute nach dem Frühstück hatten sie angefangen zu backen: Anis-Kekse mit Lakritz-Deko für Lucie, Windbeutel mit gefrosteter Erdbeercreme für Lea und eine winzige Herztorte als Überraschung für die Butterkekse.

Inzwischen war es Viertel nach sieben am Abend. Lea saß mit klopfendem Herzen, einer kleinen rot-weiß-getupften Schachtel auf den Knien und ihrem Großvater neben sich auf der Rückbank in einem Taxi, das langsam die Lohfelder Landstraße entlangfuhr. Als das alte Schwimmbad in Sichtweite kam, rief Otto von Leipnitz: »Bitte anhalten! Hier möchten wir aussteigen. Und zwar am besten außer Sichtweite des Lokals.«

»Aha, Sie sind wohl undercover«, meinte die Taxifahrerin und lenkte den Wagen in eine Querstraße.

Otto von Leipnitz beglich die Fahrtkosten und legte noch ein hübsches Trinkgeld obendrauf.

»Bitte verraten Sie niemandem etwas«, beschwor er die Fahrerin augenzwinkernd und klatschte sich auf die Schenkel. »Zwengelchen 001, ich sag dir was: So aufgeregt war ich schon lange nicht mehr!«

Er öffnete die Autotür, schwang sich vom Sitz auf den Bürgersteig und nahm Lea die Kuchenschachtel ab.

»Opa!«, ertönte da eine überraschte Mädchenstimme hinter ihm. »Was machst du denn hier?«

Vor Schreck ließ Otto von Leipnitz fast die Schachtel fallen.

»Zwengelchen 002«, knurrte er, während er sich im Zeitlupentempo umdrehte. »Dasselbe könnte ich dich fragen.«

»Und ich erst!«, rief Lea und flog geradezu zur Taxitür hinaus. Vor ihr standen Lucie, Vanessa und Rabatze. »Ich fasse es nicht!«, stieß sie hervor. »Wieso …?«

»Genau! *Wieso?*« Lucie deutete mit dem Kinn auf ihren Großvater.

»Alina ist im Harz«, erwiderte Lea knapp. »Und was macht *ihr* alle hier?«

»Ich bin leider aufgeflogen«, sagte Lucie mit einem Blick auf Vanessa. »Sie ist übrigens gar nicht mal so übel.«

»Natürlich ist sie das nicht«, gab ihre Schwester kopfschüttelnd zurück. »Und wie seid ihr hierhergekommen?«

»Mit meiner Mutter«, antwortete Vanessa und wies auf eine cappuccinofarbene A-Klasse, die schräg gegenüber auf der anderen Straßenseite parkte. »Sie hat im Fun-Park alles geregelt und bringt uns nachher wieder zurück. Dich natürlich eingeschlossen.«

Mannomann! Das waren ja mal Nachrichten!

»Wie spät ist es überhaupt?«, fragte Lea.

»Allerhöchste Eisenbahn«, sagte Otto von Leipnitz, nachdem er auf seine Armbanduhr gesehen hatte. »Auf ins Abenteuer, Mädels!«

Mit diesen Worten wandte er sich ab und lief zur Lohfelder

Landstraße zurück. An der Ecke blieb er stehen und bedeutete Lea und Lucie, zu ihm zu kommen.

»Vanessa und ich warten hier auf euch und drücken die Daumen«, sagte Rabatze.

Er trug ein türkisfarbenes T-Shirt mit der leuchtend roten Aufschrift: **Fahrt mich irgendwohin, ich werde überall gebraucht**.

»Alles klar«, erwiderte Lea grinsend.

Sie umarmte Vanessa kurz und folgte dann ihrer Schwester bis zur Ecke.

»Papa und der Blumenbote sind schon da«, raunte Lucie ihr zu.

»Oh mein Gott … und JayKay ist ebenfalls im Anmarsch«, presste Lea hervor. »Warum haben wir Blödis sie auch zusammen herbestellt?! Die Idee, sie auf diese Weise alle vier gleichzeitig beobachten zu können, war wohl doch nicht so gut«, grummelte sie.

»Tja, dumm gelaufen«, wisperte Otto von Leipnitz und pfiff leise durch die Zähne. »Junge, Junge, eure Referendarin sieht aber auch verdammt fesch aus.«

»Halt bloß die Klappe, Opa!«, knurrte Lucie.

Auf einen solchen Kommentar konnte sie nun echt bestens verzichten! Die eigentliche Katastrophe spielte sich allerdings vor dem ehemaligen Schwimmbad ab.

Während Joris Grawe, der Blumenbote, sich mit einem Sicherheitsabstand von einigen Metern vom Eingang des *La Balsa* herumdrückte und sich verstohlen nach allen Seiten umsah, stand Gerald von Leipnitz direkt davor. Johanna Knippke hatte ihren knallroten Minicooper auf dem alten

Schwimmbadparkplatz abgestellt und steuerte jetzt genau auf Leas und Lucies Vater zu. Zur gleichen Zeit hielt ein Taxi unmittelbar neben ihnen, und Rosanna von Leipnitz stieg aus.

»Oh, nein, oh nein, oh nein!«, jammerte Lucie und krallte ihre Finger in Leas Unterarm. »Was machen wir jetzt nur?«

»Ihnen gratulieren, was sonst!?«, sagte Otto von Leipnitz und hielt seinen Enkelinnen die Kuchenschachtel hin.

»Na klar!«, rief Lea. »Los, komm!«

Sie schnappte sich die Schachtel, riss den Deckel herunter und rannte los. »Alles Liiieeebeee zum Hochzeeeiiitstaaag!«, brüllte sie, so laut sie konnte, und Lucie stürmte wie wild mit beiden Armen rudernd neben ihr her.

Ihr Vater reckte den Kopf in ihre Richtung, und auch ihre Mutter schaute ihnen mit verwunderter Miene entgegen. Johanna Knippke blieb für einen Augenblick wie angewurzelt stehen, runzelte die Stirn, lief knallrot an und machte schließlich auf dem Absatz kehrt.

»Dürfte ich vielleicht bitte schön mal erfahren, was hier gespielt wird?«, fragte Rosanna von Leipnitz, während sie ihren Blick zwischen ihrem Mann, ihren Töchtern und der davonspazierenden Johanna Knippke hin und her gleiten ließ.

»Das war unsere neue Referendarin«, stieß Lucie nach Atem ringend hervor. »Wir wollten sie eigentlich mit diesem netten jungen Mann dort verkuppeln«, fuhr sie wispernd fort und zeigte unauffällig zu dem Blumenboten, der mittlerweile einen ziemlich verwirrten Eindruck machte.

»Wie bitte?«, schimpfte Rosanna von Leipnitz. »*Was* wolltet ihr?«

»Ja, also … ähm …«, stammelte Lea. »Weil sie doch Papa die ganze Zeit hinterherspioniert hat …«

»Oh, tatsächlich?« Rosanna von Leipnitz zog die Augenbrauen hoch. Amüsiert suchte sie den Blick ihres Mannes. »Hat sie das?«

»Ach, weißt du mein Schatz«, sagte Gerald von Leipnitz und legte seiner Frau zärtlich seinen Arm um die Schultern. »Ich glaube, da liegt ein Missverständnis vor. Du weißt doch: Bei uns an der Schule gibt es dieses ulkige Spiel für Lehreranwärter, bei dem sie möglichst viel über ihre neuen Kollegen herausfinden sollen. Johanna Knippke hat also nicht nur mir hinterherspioniert, sondern auch anderen«, setzte er mit einem Schmunzeln an seine Töchter gerichtet hinzu.

»Was für ein Blödsinn!«, platzte es aus Lucie heraus. »Wieso erzählt ihr den Referendaren nicht einfach etwas über euch?«

»Also, meine Idee war das nicht«, betonte ihr Vater. »Tja, und was Frau Knippke betrifft: Ihre Kollegen-Recherche war ganz umsonst, denn sie wird demnächst ohnehin an einer anderen Schule unterrichten. Vermutlich wechselt sie noch vor den Sommerferien dorthin.«

»So wie Miriam«, murmelte Lucie.

»Hm, ich glaube nicht, dass Miriam bereits irgendwo unterrichtet«, gab ihr Vater trocken zurück.

»Nee, aber sie hat doch auch die Schule gewechselt«, sprang Lea ihrer Schwester bei. »Oder etwa nicht?«

Gerald von Leipnitz nickte. »Doch, das hat sie.«

»Und wieso musste Lucie dann in die a?«, hakte Lea sofort nach.

»Weil Miriam dort Probleme hatte«, antwortete ihr Vater. »Das habe ich euch doch erklärt.«

»Ja, schon. Aber hatte sie die mit der Klasse oder mit Herrn Senfig?«, fragte Lucie und biss sich erschrocken auf die Unterlippe, denn das konnte sie ja eigentlich gar nicht wissen.

»Wie kommst du denn auf den?«, entgegnete Gerald von Leipnitz auch sofort.

»Ach …«, meinte Lucie abwinkend. »Bloß, weil er ein bisschen komisch ist. Aber keine Sorge, ich komm schon mit ihm klar.«

»Komisch, soso …« Ihr Vater musterte sie stirnrunzelnd. »Möchtest du nach den Ferien vielleicht doch wieder in die Klasse deiner Schwester zurückwechseln?«

»Nee, nee«, sagte Lucie. »Das ist schon okay so. Jetzt, wo sie mich gerade zur Klassensprecherin gewählt haben …«

Abgesehen davon war sie fest entschlossen, weiterhin Augen und Ohren offen zu halten. Mit der Zeit würde sie schon noch herausfinden, was mit ihren neuen Mitschülern los war, warum Miriam die Schule verlassen hatte – und ob Herr Senfig tatsächlich etwas damit zu tun hatte. Gleich am Montag würde sie mit ihren Nachforschungen weitermachen!

»Also gut, wenn du meinst«, sagte Gerald von Leipnitz, und über sein Gesicht huschte ein Lächeln. Dann sah er seine Frau an. »Na, aber jetzt wollen wir endlich mal unseren verspäteten Hochzeitstags-Abend genießen. Oder, was meinst du, mein Schatz?«

»Ich wäre sehr dafür«, erwiderte Rosanna von Leipnitz ebenfalls lächelnd. Sie wandte sich ihrem Schwiegervater zu. »Wer zahlt eigentlich die ganze Chose?«

»Ähm ja … Ich natürlich«, erwiderte Otto von Leipnitz hastig. »Sobald ich meine ersten Torten verkauft habe.«

Lea nickte zufrieden vor sich hin. Die letzten Tage hatten es ja wirklich in sich gehabt, und sie war froh, dass sich nun doch noch alles zum Guten gewendet hatte. Wenn man von Miriam und dem Blumenboten mal absah … Unwillkürlich glitt Leas Blick zur Eingangstür des *La Balsa*.

Joris Grawe stand noch immer dort, eine hübsche weiße Blume und die gelbe Klappkarte in der Hand. Er wirkte ein wenig verunsichert, doch plötzlich hellte sich seine Miene auf.

Leas Herz machte einen kleinen Hüpfer. Sie stupste Lucie in die Seite und deutete verstohlen auf Johanna Knippke, die inzwischen ebenfalls ihre Karte hervorgeholt hatte und sich nun zögernd auf den Blumenboten zubewegte.

Eine Dreiviertelstunde später saßen Lea, Lucie, Vanessa und Rabatze mit Vanessas Mutter in der cappuccinofarbenen A-Klasse und brausten zurück nach *Schönerheide*. Zuvor hatten sie noch Otto von Leipnitz nach Hause gefahren – Wobei es allerdings verdammt eng auf der Rückbank geworden war! –, Leas Sachen geholt und eine Tüte Lakritz-Kekse und eine Dose voller Windbeutel mit Erdbeercreme eingepackt.

»Ob Joris Grawe und Johanna Knippke sich wohl ineinander verlieben werden?«, überlegte Lea.

»Tja, das werden wir möglicherweise nie erfahren«, erwiderte Lucie seufzend. »Drücken wir ihnen einfach die Daumen!«

»Genau!«, pflichtete Vanessa ihr bei. »Wir werden die beiden letzten Tage jedenfalls in vollen Zügen genießen … Und nur das machen, was uns Spaß bringt.«

»Uns oder dir?«, erkundigte Lea sich vorsichtig.

»Uns natürlich«, erwiderte Vanessa und knuffte ihre Freundin in die Seite.

»Also keine Choreo«, betonte Lucie.

»Nein«, bestätigte Vanessa. »Aber dafür auch kein Zwillings-Kuddelmuddel.«

»Da wäre ich auch für«, meinte Rabatze und warf Lucie ein schiefes Grinsen zu.

»Einverstanden«, erwiderte sie.

Dieses Versprechen galt aber nur für diese zwei Tage. Für die Zeit danach konnten weder Lea noch sie für nix garantieren.

Bei den Doppel-Keksen geht's turbulent weiter!
Leseprobe zum 2. Band der Reihe:

PATRICIA SCHRÖDER

DIE DOPPELKEKSE

Chaos hoch zwei mit Papagei

Erscheint im Juni 2017
ca. 224 Seiten · Gebunden
ISBN 978-3-522-50513-0

Die Zwillinge Lea und Lucie werden von ihrer Mutter vor eine große Herausforderung gestellt: Entweder sie bringen Papagei Punkt-um Manieren bei oder er muss weg! Denn Besuch zu empfangen, ist laut Rosanna von Leipnitz bei den unflätigen Ausdrücken des Vogels einfach nicht mehr möglich. Doch auch Lucies Klassenwechsel ist Gesprächsthema unter den Zwillingen genau wie das Chaos mit Leas zwei besten Freundinnen. Die Schwestern haben alle Hände voll zu tun, Freunde wie Familie unter Kontrolle zu bringen!

»Verrraaat!«, krakeelte Punkt-um.

Der Papagei schlug mit den Flügeln und hob von der Stuhllehne ab. Kurz darauf landete er mitten in der Schüssel, griff sich einen Schnabel voller Spaghetti und flatterte davon.

»So geht das nicht weiter«, sagte Rosanna von Leipnitz. »Entweder der Papagei bleibt im Käfig …«

»Oder?«, krächzte Lea und zog den Kopf ein. – Als ob eine Unglücksbotschaft sie so nicht treffen könnte!

»Ihr bringt ihm endlich Manieren bei«, gab ihre Mutter zurück, und das klang ziemlich endgültig.

»Es ist unfair«, sagte Lucie später, nachdem alles aufgegessen und der Tisch abgeräumt war. »Mama hat uns erlaubt, ihn fliegen zu lassen.«

Lea seufzte tief und verdrehte die Augen.

»Es ist sogar noch unfairer.«

»Hä?« Lucie zog die Stirn kraus. »Wieso denn das?«

Die Zwillingsschwestern hockten nebeneinander auf dem Sofa und hielten den Blick auf die offene Tür des Papageienkäfigs gerichtet.

Punkt-um saß auf dem Wohnzimmerschrank und putzte sich das Gefieder. Eine einsame Spaghetti baumelte über dem Schlüssel einer der Schubladen. Den Rest der Nudeln, die nicht im Magen des Papageis verschwunden waren, hatten Lea und Lucie bereits eingesammelt und im Mülleimer entsorgt.

»Ganz einfach«, begann Lea aufzuzählen. »Erstens: Papa hat Punkt-um angeschleppt, Mama hat erlaubt, ihn fliegen zu lassen, und du hast ihm die ganzen schlimmen Wörter beigebracht.«

»Das stimmt nicht!«, wies Lucie sofort von sich. »Papa und Opa Pistorix fanden das lustig und haben mitgemacht. Und du hast ihm als Erste erlaubt, von deinem Teller zu essen.«

Lea seufzte noch einmal. Da hatte Lucie leider recht.

Ihr Großvater, ihr Vater, Lucie und sie – sie alle hatten ihren Spaß mit Punkt-um. Nur ihre Mutter war als Einzige von Anfang an dagegen gewesen, einen Papagei in der Wohnung zu halten.

»Ich wette, Mama will ihn loswerden«, orakelte Lucie.

Ein Schreck durchzuckte Leas Herz.

»Das darf sie nicht«, sagte sie mit puddingweicher Stimme. »Wo soll er denn hin? Etwa in ein Tierheim? Oder zurück in die Zoohandlung?«

»Zoo wäre schon mal die richtige Richtung«, ertönte Rosanna von Leipnitz' Stimme aus dem Flur.

»Oaaah, du hast uns belauscht!«, rief Lucie empört.

»Ganz und gar nicht«, wies ihre Mutter von sich. »Ich bin auf meinem Weg zur Bügelwäsche lediglich an der Wohnzimmertür vorbeigekommen.«

»Jedenfalls geben wir Punkt-um nicht her!«, rief Lea. »Er hat sich doch schon total an uns gewöhnt.«

»Und wir uns an ihn«, fügte Lucie hinzu.

»Trotzdem wäre er im Zoo, wo er mit seinen Artgenossen in einer großen Voliere leben könnte, sehr viel besser aufgehoben«, argumentierte Rosanna von Leipnitz.

»Das ist nicht dein Ernst!«, stieß Lucie hervor.

»Verrraaat!«, kreischte Punkt-um. »Aufhängen den Kerl!«

»Halt bloß den Schnabel«, sagte Lea. »Und sieh zu, dass du in deinen Käfig kommst.«

»Mein Süßer«, erwiderte Punkt-um zärtlich und knabberte an seinen Krallen.

Plötzlich hob er vom Wohnzimmerschrank ab, umkreiste die Stehlampe und landete auf der Käfigklappe.

»Sehr gut«, lobte Lea ihn, kraulte ihn kurz am Hals und stupste ihn sanft an. »Und jetzt hinein mit dir.«

»Mein Süßer«, säuselte Punkt-um.

Er kletterte auf seine Schaukel, und Lea schloss die Käfigtür.

»Klappe zu, Affe tot«, vermeldete Punkt-um und ließ sich hinterrücks von seiner Schaukel fallen.

»Oh Mann«, stöhnte Lea. »Wie sollen wir ihm das bloß alles wieder abgewöhnen?«

»Ich krieg das auf keinen Fall hin«, sagte Lucie. »Das musst du machen. Du hast doch selber gesehen, wie gut er auf dich hört. Ich kann nur versuchen, in seiner Gegenwart keine schlimmen Wörter mehr zu sagen«, beeilte sie sich hinzuzufügen, als sie den empörten Blick ihrer Schwester bemerkte.

»Sonst noch was?«, brummte Lea.

»Am besten, du nimmst ihn mit in dein Zimmer«, schlug Lucie vor. »Damit er ab sofort weder Werbung noch Agententhriller anschauen kann.«

Lea richtete den Blick genervt zur Zimmerdecke. »Tolle Idee!«

»Hast du ’ne bessere?«, fragte Lucie.

»Nein«, knurrte Lea. »Aber nur unter einer Bedingung«, forderte sie. »Du setzt nie wieder ungefragt einen Fuß in mein Zimmer. Uhuuund … du lässt die Finger von meinen Sachen.«